Dulce sabor a venganza

Katherine Garbera

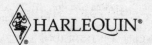

HARLEQUIN®

Editado por HARLEQUIN IBÉRICA, S.A.
Hermosilla, 21
28001 Madrid

I.S.B.N.: 978-84-671-4614-1
Depósito legal: B-49389-2006
Editor responsable: Luis Pugni
Composición: M.T. Color & Diseño, S.L.
C/. Colquide, 6 portal 2 - 3º H, 28230 Las Rozas (Madrid)
Fotomecánica: PREIMPRESIÓN 2000
C/. Algorta, 33. 28019 Madrid
Impresión y encuadernación: LITOGRAFÍA ROSÉS, S.A.
C/. Energía, 11. 08850 Gavá (Barcelona)
Imagen de cubierta: DIGITAL VISION / GETTY IMAGES
Fecha impresion para Argentina: 9.7.07
Distribuidor exclusivo para España: LOGISTA
Distribuidor para México: CODIPLYRSA
Distribuidores para Argentina: interior, BERTRAN, S.A.C. Vélez
Sársfield, 1950. Cap. Fed./ Buenos Aires y Gran Buenos Aires,
VACCARO SÁNCHEZ y Cía, S.A.
Distribuidor para Chile: DISTRIBUIDORA ALFA, S.A.

Capítulo Uno

Piernas largas, medias de seda y unas caderas en las que un hombre podía clavar los dedos. Lo tenía todo. Siempre lo había tenido.

Hayden MacKenzie seguía sin creer que Shelby Anne Paxton estuviera allí, en su propio reino. Pensó que no volvería a verla nunca.

Tenía unas pantorrillas bien formadas y unos tobillos perfectos sobre un par de tacones de aguja que lo excitaron de inmediato.

El hotel-casino Chimera era su vida. El mundo de Las Vegas siempre había sido su casa y no haría nada que pusiera en peligro el éxito de su negocio. Lo había sacrificado todo para convertirlo en el más importante de la ciudad.

Y se lo debía todo a aquella mujer, que no había creído en él, y a su padre.

Hayden lo había hecho para demostrarles que su falta de fe en él no era un obstáculo para conseguir lo que quería en la vida.

El casino era el más visitado de Las Vegas y el hotel era de primera clase, desde las habitaciones a las tiendas de la primera planta que sólo alquilaba a diseñadores de primera línea. Siempre en ampliación, estaba a punto de añadir Bêcheur d'Or, una boutique de ropa interior.

Sus propietarias, Paige Williams y Shelby, habían aparecido en la revista *Empresarios* unos meses antes. Aparentemente, Shelby estaba ganando más dinero del que nunca habría imaginado.

Pero había sido Paige con quien habló para firmar el contrato. Y era muy curioso que Shelby hubiese aparecido en Las Vegas después de haberlo dejado plantado ante el altar diez años antes.

Un largo silbido devolvió a Hayden a la realidad.

–Vaya, vaya, vaya, menudo bombón.

Era Deacon Prescott, su mejor amigo. Y no quería que supiera quién era aquella mujer, a la que él se refería siempre como «la buscavidas que lo dejó plantado ante el altar por dinero».

Hayden miró a su amigo, intentando controlar una punzada de celos.

–Estás casado.

–Desde luego que sí, pero eso no significa que esté muerto. Además, Kylie sabe que nunca la engañaría.

Deacon y Kylie llevaban casi dos años casados y las cosas les iban bien. Eran la excepción a la regla, en opinión de Hayden, para quien el matrimonio no era más que un contrato comercial.

–No, ya lo sé –murmuró para sí mismo. Deacon había encontrado algo que él jamás admitiría desear: el amor verdadero. En cuanto a él... bueno, él había aprendido la lección mucho tiempo atrás.

Deacon había cambiado mucho con el paso de los años. De ser un tipo sin futuro ni aspiraciones había pasado a ser el propietario del Golden Dream, un casino al que sólo le hacía sombra el Chimera.

Deacon había encontrado el amor y él deseaba que el final de su historia hubiera sido igualmente feliz, pero la realidad no era así. Y, en opinión de Hayden, si uno ha crecido con todos los lujos que puede pagar el dinero pero con un padre que no te quiere, uno tiene que olvidarse de ciertas cosas. Y él tenía que olvidarse del amor.

–¿Vas a entrar o piensas quedarte en la puerta? –preguntó Deacon.

En circunstancias normales entraría en el local para saludar a la nueva inquilina, pero no aquel día.

–Estoy esperando el momento adecuado.

–¿Cuándo será eso?

–Cuando tú te vayas.

–Tú no me dejaste en paz cuando estaba intentando conquistar a Kylie.

–Porque habíamos hecho una apuesta. Tenía que vigilarte –contestó Hayden.

Había apostado que Kylie no se casaría con él. Una de las pocas apuestas que había perdido en su vida, pero no le importó.

–¿Quieres que hagamos otra apuesta? Sólo que esta vez...

–No estoy buscando mi media naranja.

–¿Por qué no, Mac? –preguntó Deacon, que lo había apodado Mac Pasta cuando se conocieron y descubrió que era un niño rico.

–Ya sabes que lo intenté una vez y no me salió bien –contestó Hayden, como si hubiera sido algo sin importancia y no el peor momento de su vida.

–No llegaste a la meta, por así decir.

–Pero me acerqué mucho.

Ninguna otra mujer conseguiría que la esperase en la iglesia, rodeado de parientes y amigos. Había pocas cosas que recordase tan bien como la humillación y la rabia que sintió cuando tuvo que decirle a todo el mundo que la novia no iba a aparecer.

Pero no debía recordar el pasado... ¿Era estar acercándose a los cuarenta o la feliz unión de Deacon lo que empezaba a afectarlo?

–Pero eso no significa que no pueda salirte bien con otra mujer.

–Deacon, deja de mirarle el trasero o le envío el vídeo de vigilancia a Kylie.

Deacon levantó las manos en señal de rendición.

–Pensé que querías ser feliz.

–Ya soy feliz.

–Sí, bueno, si cambias de opinión, aquí estaré yo para darte consejos.

–¿Sobre qué?

–Sobre el amor.

–No necesito consejos tuyos, Prescott.

Deacon se alejó, riendo. Y Hayden se apoyó en la pared, observando a la mujer que sacaba prendas de una caja. Ninguna mujer lo había afectado nunca como ella. ¿Por qué tenía que ser Shelby?

Pero no podía quedarse frente a la tienda para siempre, de modo que decidió entrar.

Ella se incorporó en ese momento y su cabello, de un tono castaño rojizo, cayó en cascada por su espalda. Estaba hablando por el móvil mientras sacaba prendas de una caja.

–Aún no lo he visto. Lo llamaré el viernes como habíamos quedado... Por favor, no seas pesada. Hasta mañana.

Después cortó la comunicación, se dio la vuelta... y se quedó helada. Le temblaban tanto las piernas que tuvo que apoyarse en el mostrador.

Hayden se acercó en dos zancadas y se obligó a sí mismo a mirarla como miraría a cualquier otra persona que le hubiese alquilado un local en el hotel. Al fin y al cabo, él era un hombre de negocios y sabía cómo esconder sus emociones.

Pero no pudo resistir meter la mano en el bolsillo del pantalón y tocar su muslo izquierdo, donde tenía un diminuto tatuaje del puño de un caballero medieval envolviendo un corazón sangrante. Era un recordatorio: él no permitía que sus emociones formaran parte de sus relaciones sexuales.

Shelby había tenido mucho valor para volver a Las Vegas después de lo que había hecho. La clase de agallas de alguien que no tiene nada que perder. Y no sólo había vuelto a su reino sino a su territorio.

Seguía siendo la mujer más guapa que había visto nunca. Pero había cambiado. Antes era menos refinada. La clase de mujer que volvía loco a su padre porque era guapísima.

Dios, qué imbécil había sido de joven. Esperaba que Shelby no lo supiera... pero debía saberlo. Si no, ¿por qué habría aceptado el millón de dólares que le ofreció su padre para dejarlo plantado?

–¿Qué haces aquí?

–He alquilado este local.

Su voz seguía siendo suave y dulce. Todo en ella era suave y dulce. Seguía pareciendo una chica de veintidós años. No era justo que el tiempo hubiera sido tan amable con ella. Habría podido mantener aquella reunión con más tranquilidad si hubiera engordado, si tuviera canas o algo así.

—Me refiero a Las Vegas –dijo Hayden, apoyando una mano a cada lado del mostrador para encajonarla.

Habían pasado diez años, pero era como si acabase de dejarlo plantado delante de todo el mundo. Diez años era tiempo suficiente para haberla olvidado, pero volver a verla despertaba demasiados recuerdos.

Nunca había olvidado la voz de Shelby. Cómo sonaba cuando era feliz. Cómo se hacía más ronca cuando estaba entre sus brazos. O cómo sonó cuando lo llamó desde el aeropuerto para pedirle perdón y decirle que tenía que irse de Las Vegas.

—Estoy trabajando.

—Recuerdo a una chica que no pensaba trabajar un solo día de su vida.

—He cambiado de opinión. El dinero se acaba.

—¿Incluso el millón que te dio mi padre? –preguntó Hayden.

Cuando vio que se ponía pálida no sintió el subidón de adrenalina que había esperado. En lugar de eso, se sintió malvado, como el matón que había sido su padre.

–Incluso eso –contestó Shelby por fin. Pero le dolía el corazón. Era más fácil olvidar lo que había hecho cuando estaba en la Costa Este. La distancia había sido como una barrera.

Shelby Anne Paxton miró al hombre con el que casi se había casado por dinero. Ella estaba buscando un hombre rico y Hayden buscaba una chica guapa para irritar a su padre. No podría explicarlo ni siquiera ahora, pero había una conexión entre los dos hombres que iba más allá del dinero o del aspecto físico.

Hayden había cambiado en aquellos años, pero no lo suficiente. Seguía teniendo un flequillo oscuro que caía sobre su frente como si fuera un adolescente rebelde. Los brillantes ojos azules y los labios gruesos la hacían recordar cómo eran sus besos...

¿De dónde demonios había salido eso?

–¿Sabías que este hotel era mío?

–Sí, lo sabía.

No pensaba decirle que su padre había ido a Atlanta para sugerir que alquilase allí un local. Aunque «sugerir» era un verbo demasiado agradable. Alan MacKenzie prácticamente la había chantajeado para que lo hiciera, amenazando con pasarle información de su pasado como buscavidas a la prensa.

Bêcheur d'Or estaba consiguiendo una reputación internacional y lo último que necesitaba era que hablasen mal de ella. Pero MacKenzie también le había ofrecido «lo que quisiera» si lo hacía. Y, por supuesto, esperaba que pidiese dinero.

Sí, Alan MacKenzie prácticamente la había obligado a volver a Las Vegas y ella lo había hecho.

Pero ahora que estaba allí empezó a pensar que era un error. El problema era que seguía obsesionada con Hayden. Él era el hombre en el que pensaba por las noches, cuando estaba sola.

—Entonces, ¿por qué estás aquí?

—Pues...

No podía decirle la verdad. ¿La creería si le dijera que necesitaba hablar con él, que quería devolverle algo de lo que la había hecho ganar al pedirle que se casara con él? Si no lo hubiera hecho, Alan jamás le habría dado el dinero que necesitaba para abrir un negocio. Su exclusiva línea de boutiques conseguía enormes beneficios cada año y era considerada fundamental en muchos hoteles de cinco estrellas en el mundo entero. Todo gracias a Hayden.

—Estoy esperando, Shelby. Dime por qué estás aquí. ¿Quieres hacerte rica en Las Vegas otra vez?

Estaba furioso, pero Shelby no podía explicarle por qué estaba allí. O que no pudo decirle que no a Alan MacKenzie. Otra vez.

Su última reunión, la noche antes de la boda que nunca tuvo lugar, había sido maravillosa. Shelby tragó saliva. No quería pensar en eso.

–Si lo dices de ese modo...

–Suena como si fueras una buscavidas –terminó Hayden la frase por ella.

–No, ya no. Estoy aquí porque soy una mujer de negocios.

Lo había dejado plantado en la iglesia y lo había llamado por teléfono desde el aeropuerto con el cheque de su padre en la mano. ¿Cómo iba a perdonarla por eso?

–Por cierto, bonito toque el nombre de la boutique.

Shelby tuvo que sonreír. Llamar a la boutique con la palabra francesa para «buscavidas» había sido idea suya. Después de todo, siempre había sido sincera consigo misma. Su infancia había sido demasiado dura como para fingir que el dinero no era importante para ella.

–En ese momento me pareció una ironía interesante. Bueno, tú sabes que cuando nos conocimos...

–No tenías nada –contestó él.

Shelby se dio cuenta entonces de que ya no estaba tan furioso y que la miraba con un brillo de deseo en los ojos.

La pasión nunca había sido un problema

para ellos. El problema era ella misma. Sólo tras unos años de terapia entendió que, aunque no hubiera aceptado el dinero que le dio su padre, casi con toda probabilidad no habrían durado juntos ni un año. Hayden sólo estaba interesado en llevar a una mujer guapa del brazo y ella sólo estaba interesada en conseguir seguridad económica. Su relación había sido demasiado superficial.

–Y ahora tienes esto –siguió Hayden.

No había cambiado de colonia en todos aquellos años. Seguía siendo esa fragancia masculina que se hacía en Francia de forma especial para cada cliente.

–¿Qué quieres de mí, Hayden? –le preguntó.

Él levantó una mano y acarició su cara suavemente. Y Shelby se quedó inmóvil, luchando contra el deseo de cerrar los ojos y apoyarse en esa mano. Hayden siempre había sido tan dulce con ella...

Algo que otros hombres no habían sido.

Él quería una esposa y ella lo había dejado plantado ante el altar. Siempre se sentiría culpable por eso. Dudaba de que Hayden la quisiera de vuelta en su vida, pero ahora que estaban cara a cara empezaba a pensar que eso era lo que ella quería.

–La noche de bodas que no tuvimos nunca.

–¿Scxo?

Él asintió con la cabeza.

Shelby se quedó sin palabras. El mismo hechizo sensual que había experimentado diez años antes la envolvía ahora. Casi podía sentir la fuerza de su deseo... Sin pensar, cerró los ojos y abrió los labios, acercándose a él sin darse cuenta de lo que estaba haciendo.

En palabras de Alan, debía hacer las paces con Hayden para que él pudiera olvidarla por fin y casarse con otra mujer. Ahora que, por fin, se portaba como un hombre de su edad, Alan MacKenzie quería tener nietos y que su hijo fuera feliz.

Entonces Hayden la tomó por la cintura. Habían pasado muchos años, pero de nuevo volvía a ser la chica sin dinero que buscaba un hombre que le asegurase el futuro. Y una parte de ella seguía deseando a Hayden MacKenzie.

Desde que lo dejó plantado había tenido otras dos relaciones, las dos con hombres ricos, pero las cosas nunca llegaron a nada. Por culpa suya. Ella era la primera en admitir que no confiaba en su lado apasionado. Porque la única vez que lo hizo había perdido el corazón.

—¿De verdad estás buscando sexo?

Él inclinó a un lado la cabeza.

—Sí.

—¿Por venganza? —preguntó Shelby. Porque

se dio cuenta de que quería decir que sí. Nada le gustaría más que acostarse con Hayden.

–No estoy seguro.

–Gracias por no mentir.

Hayden nunca le había mentido. Desde el principio le había dicho que era el hijo mimado de un hombre muy rico. En esos días era un poco inmaduro, pero también lo era ella. Diez años atrás le había parecido un caballero andante y Shelby sabía que algún día despertaría de su ensueño y se daría cuenta de que había cometido un error casándose con ella.

–La experta en eso eres tú.

Shelby, dolida, dio un paso atrás. Al hacerlo, chocó contra unas cajas y estuvo a punto de perder el equilibrio, pero Hayden la sujetó del brazo. Ella tragó saliva, pero no había nada desagradable en el roce, todo lo contrario.

–¿Estás bien?

–Sí, gracias.

No dijeron nada durante unos segundos. Shelby intentó controlar los nervios, intentó encontrar el equilibrio en un mundo que, de repente, se había puesto patas arriba. Miró alrededor y vio un póster anunciando el estreno de *Madame Butterfly*, de Puccini en el Metropolitan. Lentamente, dejó que el mundo que ella misma había creado la calmase un poco.

Luego apartó el brazo y dio un paso atrás. Por tentador que fuera acostarse con Hayden, el único hombre que la había hecho sentir como una mujer, sabía que no podía hacerlo.

Ya no era la niña de entonces. Y ningún Mac-Kenzie volvería a hacerla sentir avergonzada por lo que había sido en el pasado.

Había tenido miedo de acabar como su madre y, al final, eso era lo que había hecho. Alguien que intercambiaba su cuerpo por dinero... por seguridad. Pero ahora era una mujer diferente. Estaba a la misma altura que Hayden.

—No podemos estar juntos si me tratas como... como si tuvieras algún derecho sobre mí. No me gustan esas cosas.

—No quiero hacerte daño, Shelby. Nunca he querido hacértelo.

Ella lo creyó. Porque siempre la había tratado como a una señora. No podría explicárselo a nadie que no hubiera crecido en sus circunstancias, pero cuando tu madre viste como una mujerzuela y tienes un «tío» nuevo cada mes, la gente tiende a tratarte como si fueras basura. Pero Hayden nunca lo había hecho.

—Ha pasado mucho tiempo, Hayden. ¿Por qué seguimos sintiendo... esto? —preguntó, percatándose de que Alan le había hecho un inmenso favor pidiéndole que volviese a Las Vegas.

—Sinceramente, no lo sé.

Shelby inclinó a un lado la cabeza para mirarlo fijamente y tuvo que reconocer que nunca lo había olvidado.

—He vuelto por ti.

Él no dijo una palabra, mirándola con esa mirada suya electrizante.

—No puedo... seguir adelante hasta que entienda qué pasó entre nosotros.

—Esa respuesta es fácil, Shelby.

—Por favor, no lo digas otra vez. Ojalá pudiera devolverle el dinero a tu padre para que eso no siguiera siendo un problema entre nosotros.

—Entonces, ¿qué te parece si llegamos a un acuerdo? Tú me das lo que yo había pagado...

—Lo que pagó tu padre.

—Yo he pagado como no te puedes imaginar, Shelby.

Pero ella sí lo imaginaba y le dolía recordarlo.

—¿Una noche de sexo? No creo que eso valga un millón de dólares.

—¿Qué tal una semana?

—Sexo y dinero. Fue por eso por lo que mi madre se hundió en la miseria. Yo... no podría hacer eso. Si vamos a intentarlo otra vez, quiero que tengamos una relación.

Él asintió. Shelby vio comprensión en sus ojos y supo que si quería encontrar la paz con él, tendría que ser a través de la amistad. No sabía si podía arriesgar su corazón otra vez.

Hayden la hacía sentir tan vulnerable... Y ella no quería ser vulnerable.

—Cena conmigo, Shel. Vamos a pensar cómo hacer esto.

—Pero...

—Sólo una cena.

—Me queda mucho trabajo por hacer y poco tiempo. Tengo que contratar personal, sacar todo esto de las cajas... —empezó a decir Shelby. Sonaba como una excusa y sabía que lo era. Pero aunque había querido volver para resolver su pasado, ahora que había llegado el momento, tenía miedo.

Pero no pensaba seguir huyendo. Y, al fin y al cabo, Hayden MacKenzie sólo era un hombre.

Sí, seguro.

Hayden entró en su oficina casi una hora después. Kathy, su ayudante, se había marchado ya a casa, pero la lámpara de su escritorio estaba encendida. Siempre la dejaba encendida porque sabía que él trabajaba hasta muy tarde.

En el contestador había dos mensajes de su padre y uno de la estrella de la revista del casino, Roxy O'Malley.

Hayden marcó el número de su camerino, pero contestó el director del espectáculo.

—Roxy me ha llamado.

—Ahora mismo está en escena. ¿Quieres que le diga que te llame?

—No, pasaré por allí después. Díselo.

—Lo haré.

—¿Algún problema?

—Un par de tipos se quedaron por aquí después del primer pase, pero los de seguridad se encargaron de ellos.

—Si ocurre algo, dímelo.

Después de colgar, Hayden apoyó la cabeza en el respaldo del sillón. Las paredes de su oficina eran enteramente de cristal. A través de una de ellas podía ver la avenida principal de Las Vegas y desde la otra el hotel Chimera. En la tercera estaban los monitores de seguridad y Hayden se levantó para echar un vistazo.

Tomó el mando y buscó el monitor que había frente al local que Shelby había alquilado. Las luces estaban encendidas, pero la tienda parecía vacía. ¿Se habría marchado...? Pero entonces la vio. Entre las sombras, mirando algo que tenía en las manos.

Hayden tomó el teléfono y marcó el número del local. Enseguida la vio moverse hacia el mostrador, cerca de la caja registradora, y descolgar el teléfono.

—Bêcheur d'Or.

—Soy yo.

—Hayden.

Sólo su nombre, en un susurro. Vio que Shelby se llevaba una mano a la garganta y cerraba los ojos. ¿Qué estaba haciendo?

–¿Estás bien? –le preguntó. Quisiera lo que quisiera de ella, aunque sólo fuese poner punto final a esa fallida relación de una vez por todas, no quería hacerle daño a Shelby.

–Sí. ¿Por qué lo preguntas?

–Te estoy mirando.

–¿Cómo? –preguntó ella, mirando de un lado a otro.

–A través de la cámara de seguridad.

–Ah, se me había olvidado que en Las Vegas todo está vigilado. ¿Es un circuito cerrado de televisión?

–¿Por qué?

–Por nada. Sólo quiero saber quién me está mirando.

Hayden pulsó un botón y apagó el acceso al local para el resto de las cámaras. Salvo para su monitor, claro.

–Sólo yo.

–¿Por qué me estás mirando? –preguntó Shelby, pasándose un brazo por la cintura, como si quisiera protegerse. Así parecía pequeña, vulnerable. Nada que ver con la buscavidas que él pensaba que era.

–Estaba pensando una cosa.

–¿Qué?

–¿Qué pasaría si tomase lo que quiero de ti?

—¿Qué quieres de mí, Hayden?

—Creí que ya te lo había dicho: venganza.

Hayden la vio inclinar la cabeza y sintió la tristeza que la envolvía al oír esas palabras.

—Supongo que tienes derecho.

—¿Ah, sí? ¿Ahora te has vuelto masoquista?

—No, pero sé que te debo una compensación.

—Shelby...

—No digas nada más, Hayden. Vamos a cenar juntos y hablaremos de los términos de... ese acuerdo.

Capítulo Dos

Shelby no sabía si podría hacerlo. Alojada en una de las habitaciones del hotel hasta que abriese la tienda, sólo estaba allí de forma temporal. Tres semanas y luego volvería a su cuartel general en Atlanta, donde esperaba Paige, hasta que abriesen otra tienda en otoño. Pero en aquel momento desearía estar en su dúplex en Buckhead viendo la televisión y comiendo palomitas. Seguro, pero aburrido. Esas palabras describían su vida a la perfección y debía admitir que estaba lista para un cambio.

Así que allí estaba, en la ciudad del pecado, con el único hombre que nunca había sido ni seguro ni aburrido. Y estaba mirando la ropa que tenía en el armario como si fuera la primera cita de su vida. La última vez, la decisión fue mucho más sencilla porque estaba decidida a encontrar un marido rico. Pero esta vez no sabía cuál era su papel.

Cerró los ojos e intentó encontrar a la mujer segura de sí misma que había sido hasta que vio a Hayden MacKenzie mirándola con rabia, deseo y dolor en sus ojos azules. Entonces supo que sus sueños la habían llevado allí por una sola razón: debía encontrar la manera de quedar en paz con aquel hombre a cambio de lo que, sin querer, él le había dado.

Shelby tenía una profesión, tenía dinero, éxito... todo lo que había soñado siempre. ¿Y Hayden? Ver cómo seguía doliéndole su deserción la hacía desear... no, necesitar compensarlo de alguna forma. Si no conseguía la vida que había soñado, en fin, ése era un precio que estaba dispuesta a pagar.

Sacó una falda de seda tornasolada de la percha y se la puso. La seda le pareció fría al rozar su piel, pero era una sensación agradable.

Tenía unos pechos firmes, de modo que casi nunca llevaba sujetador y esa noche no era una excepción. Sobre la falda, baja de cadera, se puso una camisola blanca y se miró al espejo. Tenía el mismo aspecto de siempre: elegante, refinado. Intentó darle un poco de volumen a su pelo y luego se dio cuenta de lo que estaba haciendo.

No tenía una cita con Hayden. Sólo era una cena para intentar solucionar el pasado.

Shelby cerró los ojos y apoyó la frente en el espejo. Ella era una mujer fuerte, capaz, y aquélla era la única penitencia posible por sus pecados.

Durante todos esos años había intentado

devolverle a Alan MacKenzie el dinero que le había dado. No el total, porque nunca tendría esa cantidad en efectivo, sino poco a poco. Y él se había negado siempre. Según Alan, no quería el dinero sino que su hijo fuera feliz.

Shelby no lo dudaba. Alan y Hayden mantenían una compleja relación que ella nunca había entendido hasta que fue demasiado tarde. Sabía que Hayden sólo salía con ella para molestar a su padre. Pero ella salía con él por su dinero, de modo que no protestó.

Era exactamente la clase de mujer con la que Hayden no debía comprometerse en ese momento de su vida. Y nunca sabría que su padre había tenido razón. Alan había dejado claro que le contaría a Hayden todos los detalles de su pensosa vida si no aceptaba el dinero...

Pero ahora... todo era diferente. Ahora, aparentemente, Alan pensaba que podía ayudar a su hijo. Y para que todo saliera bien, tendría que guardar el secreto.

Suspirando, Shelby se puso unas sandalias doradas de tacón y salió de la habitación.

No miró atrás ni vaciló un solo segundo. Había tomado una decisión cuando fue a Las Vegas. Enfrentarse con el pasado nunca era fácil. Ella siempre había mirado hacia delante porque el pasado... no, era mejor no pensar en ello.

Salió del ascensor en el vestíbulo y miró alrededor, buscando a Hayden. Lo encontró hablando con una rubia extremadamente atractiva.

Pensó entonces que Hayden mantenía una relación con otra mujer y sólo estaba usándola para vengarse. Daba igual que ella quisiera compensarlo por lo que pasó; en su corazón, sabía que seguía enamorada de él.

Hayden también se había cambiado de ropa. Llevaba una camisa azul oscuro y un par de vaqueros gastados. En cualquier otro hombre ese atuendo habría parecido informal, pero él tenía una presencia que convertía en elegante cualquier prenda.

Cuando la vio, le hizo un gesto con la mano para que se acercara. La mujer con la que estaba hablando era tan guapa que Shelby se sintió como el patito feo. Tenía el pelo larguísimo y su maquillaje, aunque un poquito exagerado, acentuaba una estructura ósea perfecta.

La mujer miró a Shelby con una sonrisa en los labios.

–Roxy, te presento a Shelby Paxton. Acaba de abrir una boutique en el hotel. Shelby, te presento a Roxy O'Malley, la estrella de la revista que se acaba de estrenar en el casino.

–Encantada de conocerte –dijo Shelby.

–Lo mismo digo. ¿Qué clase de ropa vendes en tu boutique?

–Lencería.

–Ah, mi favorita. Tendré que pasarme por allí.

Shelby abrió su bolso y sacó una tarjeta de invitación para la fiesta de inauguración.

–Vamos a hacer una pequeña fiesta.

–Allí estaré –dijo Roxy. Y luego miró a Hayden, como esperando algo.

–No te preocupes, yo me encargo de todo.

–Te lo agradezco, Hay. Sé que parece inofensivo, pero hay algo en él que me asusta.

–Tranquila. En cuanto sepa algo, te lo diré.

Cuando la rubia se marchó, Hayden se volvió hacia Shelby. Ella sintió el calor de su mirada en los brazos desnudos, en el escote, en las piernas... parecía estar midiéndola, estudiándola.

Se cruzó de brazos, pero con ese gesto estaba proyectando su vulnerabilidad. Hayden conocía bien algunas de sus debilidades. No quería que supiera que aún seguía afectándola.

–Gracias por cenar conmigo.

–De nada.

–¿Cómo puedes andar con esas sandalias?

–Pues son increíblemente cómodas, aunque no lo creas. ¿De qué estabais hablando?

Hayden la miró, con una sonrisa en los labios.

–¿Celosa?

–Sí, creo que lo estoy.

–No lo estés –rió él–. Sólo era un tema de trabajo.

–Pues no parece una simple empleada.

–Tienes razón, no lo es.

–¿Es tu amante? –preguntó Shelby, aunque no le había parecido que lo fueran.

–No, más bien es como una hermana pequeña. Intento que las personas que trabajan en el casino Chimera se sientan como en su casa. Viene tanta gente sola por aquí que...

Hayden odiaba la soledad. Era una de las cosas que tenían en común. Algo sobre lo que Shelby no había tenido que mentir cuando salían juntos. Su madre siempre estaba trabajando, como el padre de Hayden.

–Eres una buena persona.

–A veces.

Subieron en el ascensor hasta la entreplanta.

–¿Dónde vamos? –preguntó Shelby.

–A las estrellas.

–¿En tu avioneta? –sonrió ella.

Aquél era el hombre que le había hecho perder la cabeza diez años antes. Le había ofrecido la fantasía de una historia de amor y ella lo había seguido sin pensar en las consecuencias. Como durante esos viajes nocturnos en su avioneta Cessna, por ejemplo.

–No, esta noche no. El año pasado construí un planetario. Bueno, Deacon y yo.

–¿Quién es Deacon?

–Deacon Prescott, mi amigo. Es el dueño del Golden Dream. Trabajamos juntos en muchos proyectos. Y he pensado que podríamos tomar una copa bajo las estrellas antes de cenar.

–¿No será un poco incómodo con el resto de los clientes?

–No, Shel. He cerrado uno de los salones para nosotros. Prefiero que mis clientes pasen la noche en el casino.

–Así se gana más dinero, ¿no?

–Ya sabes que el dinero es lo que mueve el mundo.

–Sí, es verdad.

Hayden la tomó del brazo para llevarla por la entreplanta, pero dos empleados le pararon para hacerle alguna pregunta. Como propietaria de Bêcheur d'Or, Shelby sabía lo exigente que podía ser un trabajo así. Ella había estado todo el día sacando cosas de las cajas y al día siguiente tenía una conferencia por teléfono con los decoradores de la nueva boutique de Washington y con Paige, desde Atlanta.

Por fin entraron en un largo corredor. La música que sonaba por los altavoces no era la típica música de hotel sino la maravillosa trompeta de Wynton Marsalis.

Shelby cerró los ojos, preguntándose si aquélla habría sido su vida de haber tomado una decisión diferente diez años atrás.

–Las Vegas ha cambiado mucho en estos años –comentó, aunque sospechaba que eran los cambios dentro de ella lo que la hacía que viera la ciudad de otra forma.

–Sí, es verdad.

–¿Has tenido algo que ver con eso?

–¿Tú qué crees?

Ella se detuvo e inclinó a un lado la cabeza para mirarlo. Sabía que Hayden estaba en el comité del Ayuntamiento para controlar la imagen y el desarrollo de la ciudad. Hayden MacKenzie no dejaría en manos de otro cualquier detalle que pudiese afectarle a él.

–Me gusta lo sofisticado que es tu hotel, pero a una manzana de aquí la zona sigue siendo un poco... deprimente.

–En Las Vegas cada uno busca algo diferente. Hasta veneno.

–¿Y yo? –preguntó Shelby.

–¿Tú qué? –respondió él, llevándola a una pequeña alcoba con el techo cubierto de estrellas. Hayden la miraba con una expresión indescifrable y Shelby sintió un ligero estremecimiento. Porque se daba cuenta de todo lo que había echado de menos desde que lo dejó plantado en la iglesia.

No había vuelto a confiar en ningún hombre como había confiado en Hayden MacKenzie.

–¿Cuál es mi veneno?

–Eso lo sabrás tú. Pero sospecho que es una mezcla entre la realidad del sitio en el que creciste y esto –contestó Hayden, señalando alrededor.

–¿Y tú? –preguntó ella.

–Yo soy el maestro de ceremonias. Mi obligación es que todos los sueños y las fantasías que la gente traiga a Las Vegas se haga realidad.

Había una ronca sensualidad en su voz. Pero cuando Shelby miró sus ojos azules se dio cuenta de que no era un hombre superficial. Por mucho que quisiera parecerlo.

Deacon y él habían financiado la construcción del planetario el año anterior para que sus clientes tuviesen algo que hacer además de jugarse el dinero en las mesas del casino. Y también había una exposición itinerante de pintores expresionistas en el museo del primer piso.

La mayoría de la gente iba a Las Vegas por dinero y Shelby seguramente también tenía en mente conseguir beneficios, pero intuía que había algo más. Y quería saber qué era ese algo.

Hayden le había pedido al chef, Louis Patin, que les enviase champán y fresas antes de cenar y una camarera apareció con una cesta de mimbre.

–Dame un minuto para que lo prepare todo.

–¿Puedo ayudar? –preguntó Shelby.

–No, ya está –contestó él, señalando una silla–. Disfruta de la panorámica.

Shelby se sentó y Hayden vio que cruzaba las piernas y buscaba una posición más cómoda. Llevaba una falda que era, en realidad, una especie de pañuelo sujeto sólo por dos botones.

La falda se deslizó a un lado y pudo ver su muslo antes de que ella lo cubriera a toda prisa. Suspirando, Hayden abrió la botella de champán.

Cuando alargó la mano para tomar su copa, la falda volvió a deslizarse... aquella mujer tenía unas piernas de cine, pensó.

—¿A qué estás jugando, Hayden?

—No sabía que estuviera jugando a nada. ¿Por qué?

—El champán, las fresas...

—A los dos nos gusta coquetear —contestó él, apretando la copa con fuerza. El deseo de tocarla era tan fuerte que tenía que hacer un esfuerzo para disimular.

—Pensé que eras el maestro de ceremonias.

—Y lo soy.

—Pero estamos tonteando para fingir que no nos sentimos atraídos el uno por el otro.

—¿Eso es lo que estamos haciendo? —preguntó Hayden. Aunque lo que su cuerpo le pedía era que dejase de hablar y la tomase allí mismo. Además, a Shelby no le gustaba que se fingiera un caballero cuando, en realidad, era un jugador.

—Yo lo intento. Pero sin mucho éxito —contestó ella, nerviosa.

–¿Por qué?

–No lo sé. Siempre ha habido algo en ti que me hace sentir... no sé, como si estuviera a punto de saltar a un precipicio. Sé que va a ser emocionante, pero no estoy segura de que mi paracaídas se vaya a abrir.

Para él era diferente. Llevaba diez años protegiendo sus emociones de las mujeres con las que salía. Al principio era algo inconsciente, pero la última chica con la que rompió le dijo que era el hombre más frío que había conocido nunca. Ardiente en la cama, helado fuera de ella. Y Hayden sabía la verdad: que él no podía hacer nada a medias.

–Quedamos en cenar juntos.

–Lo sé. Pero me he puesto nerviosa cuando te he visto mirándome.

–Deseándote.

Hayden se acercó a ella y clavó una rodilla en el suelo.

–¿Quieres que te desee de esa forma?

–Sí –contestó Shelby–. Sí porque así tengo algo a lo que agarrarme.

No debería tocarla. Aún no. Pero no pudo evitarlo. Hayden alargó una mano y rozó la tela de la falda con los dedos. Ella sintió un escalofrío, pero no se apartó. Todo lo contrario, le puso una mano en el hombro mientras él acariciaba su muslo.

Tocarla era adictivo. Y su piel era más suave que nunca. Sus músculos no estaban endurecidos por horas de gimnasio, pensó, mientras apartaba la tela para tocar el femenino muslo.

–Siéntate conmigo, Hayden. Vamos a hablar.

Él no preguntó por qué. Sabía que Shelby buscaba esa sensación dulce que había habido siempre entre los dos. La razón por la que no podía perdonarla no era el dinero que había aceptado de su padre. Era por la lección que le había dado.

Él nunca había sido la clase de hombre que muestra sus sentimientos. Nunca había dejado que nadie viera al hombre que había bajo aquella fachada de niño de papá. Pero lo había hecho con Shelby.

Y ella lo había dejado plantado ante el altar.

–¿Por qué lo haces, Shel?

Shelby se levantó y paseó un momento por la habitación, mirando las estrellas del techo. Hayden se levantó también, pero permaneció donde estaba.

–Necesitaba seguridad.

–¿Eso es todo? –preguntó él, intuyendo que le escondía algo–. Lo siento, pero suena falso.

–Me fui porque sabía que tú eras oro de veinticuatro quilates y yo era una baratija de ésas que venden en las ferias y que luego te dejan una marca verdosa –contestó Shelby–. Quería marcharme antes de dejarte esa marca.

***

Hayden sacó a Shelby del planetario y la llevó a un restaurante en el piso cincuenta y cinco. Los sentaron en un reservado desde el que podía verse todo Las Vegas. La panorámica era maravillosa y Shelby parecía cómoda, pero Hayden no lo estaba.

¿Por qué aquella mujer seguía afectándolo de ese modo? ¿La venganza sería suficiente para romper el lazo que había entre ellos?

La lógica no tenía nada que ver con sus acciones, pero no estaba pensando de forma lógica en aquel momento.

La curva de su garganta le parecía frágil y vulnerable y se dio cuenta de que hablar del pasado era uno de sus puntos débiles. Nunca habían hablado de eso cuando estaban juntos. Quizá él había sido demasiado superficial o demasiado arrogante como para pensar que eso importaba. Pero ahora, con el paso de los años, se daba cuenta de que el pasado había marcado de manera definitiva su relación con él.

—Gracias por enseñarme las estrellas esta noche.

—De nada. ¿Quieres una copa de vino?

Ella negó con la cabeza.

—Vamos a hablar de lo nuestro. Dijiste que habías pagado por algo y querías conseguirlo.

Dicho así, Hayden se sentía como un canalla. De joven había sido un chico mal criado que había elegido a una chica guapa y tímida que lo necesitaba. Le había gustado cómo lo tomaba del brazo, cómo dejaba que pagase por todo y tomase todas las decisiones. No era algo muy inteligente seguramente, pero a pesar de su dinero él nunca había sido un hombre sofisticado.

–Sí. Eso es lo que quiero.

Vio en sus ojos que ella también lo sabía. Sabía que estaba sentada frente a un hombre que no era un caballero.

–Me haces sentir muy femenina cuando me miras así. Y no estoy acostumbrada. La mayoría de los hombres se sienten intimidados cuando están conmigo.

–¿Por qué?

–¿Quién sabe?

Pero lo sabía. Shelby siempre sabía por qué la gente actuaba de una manera u otra. Siempre había puesto atención en los detalles.

–Imagínatelo.

–Porque quiero que mi empresa sea un éxito, supongo. Cuando era joven cometí muchos errores...

–¿Y ahora eres vieja? –sonrió Hayden.

–Ya sabes a qué me refiero. A veces me asombra lo inmadura que era cuando estaba contigo.

Hayden se echó hacia atrás en la silla, apoyando el brazo en el respaldo de la de Shelby. Quería acercarla más a él, tomarla entre sus brazos y protegerla. Pero Shelby no necesitaba protección. Imaginaba que era de eso de lo que estaba hablando. Los hombres se daban cuenta de que era una mujer independiente y no necesitaba a nadie. Eso daba un poco de miedo.

—Te va muy bien. He leído un artículo sobre tu empresa en la revista *Empresarios*. El periodista decía que eras una de las mentes más brillantes que había conocido.

Ella se encogió de hombros.

—Yo creo que estaba siendo amable.

—Los periodistas nunca son amables. Ese hombre respetaba tu trabajo.

Y él también. Porque Shelby había aceptado las cartas que le había dado la vida y se había convertido en un éxito.

—Sí, bueno...

Hayden se dio cuenta entonces de que Shelby no se respetaba a sí misma del todo. ¿Tendría él algo que ver?

—Bueno, volvamos a nosotros. Creo que tu padre me dio ese dinero...

—Yo se lo pagué.

No había querido decirlo, pero era mejor que Shelby conociera los hechos. No quería seguir jugando porque la apuesta era demasiado alta y quería que ella lo supiera.

—¿Qué?

–Mi padre quería que nunca olvidase esa lección. Él te dio el dinero y luego me obligó a devolvérselo.

Alan MacKenzie siempre había sido muy aficionado a ese tipo de demostración: las letras con humillación entran, parecía pensar. Y no ayudaba nada que Hayden hubiese jugado con una de sus mayores debilidades: una mujer hermosa con una cuenta bancaria en números rojos.

–Hayden... no tenía ni idea. Lo siento. Decidí aceptar el dinero... bueno, no me importó aceptarlo de tu padre porque sabía que así se sentiría con ventaja sobre mí.

Él no dijo nada. Evidentemente, Shelby conocía bien a su padre. Había comprado a tres ex mujeres, de modo que para él era algo habitual. Pero Hayden había pagado por Shelby con algo más que dinero. Había pagado con su alma y ahora quería la suya.

Shelby no podía haberse quedado más sorprendida. No podía imaginar que Hayden hubiera tenido que pagar un millón de dólares... además de haberla perdido. Pero Alan la había amenazado con revelarle su secreto, el que todavía no quería que supiera.

Y le gustaría que no estuvieran tan cerca mientras hablaban del pasado.

Era fácil creerse noble, creer que sólo quería devolverle el favor, costase lo que costase, para poder encontrar algo de paz. Pero la realidad era que le dolía mucho. No quería coquetear con el único hombre por el que había sentido algo en toda su vida.

No quería sufrir ni quería hacerlo sufrir a él. Porque sabía que no podría acostarse con Hayden y marcharse después como si no hubiera pasado nada.

Hayden le pasó un brazo por los hombros para atraerla hacia sí y Shelby cerró los ojos. Llevaba mucho tiempo sin ser acariciada y era fácil sentirse cómoda con él, apoyada sobre su torso, sintiendo la fuerza de sus brazos. Hayden parecía capaz de soportar cualquier carga.

Pero, al final, la carga sería demasiado para él. Y Shelby lo sabía.

La respiración de Hayden se hizo más agitada mientras acariciaba su brazo. Shelby no podía olvidar que, sexualmente, estaban hechos el uno para el otro. Pero era la clase de fuego que no se puede controlar.

–¿En qué estás pensando?

Shelby se debatía entre decirle la verdad o no hacerlo. Hayden sabía sobre ella más que nadie, excluida Paige. La mayoría de la gente se contentaba con lo que veía en la superficie: una mujer de negocios bella y capaz, pero Hayden... él sabía que era vulnerable, que no estaba segura de cuál era su sitio en el mundo.

–Creo que éste es un lío en el que yo misma me he metido y yo misma tengo que salir de él.

–Creo que la culpa fue de los dos –dijo Hayden, acariciando su mejilla con una ternura que aceleró su corazón.

–¿Has pensado alguna vez que la vida es una gran tragedia? ¿Como las de las óperas?

Él no dijo nada. Sencillamente, siguió acariciando su cara. Shelby se preguntó si habría hablado demasiado. Su vida nunca había sido ideal, pero compararla con una tragedia...

Ella no era una niña asustada. Y tenía que dejar de actuar como si lo fuera.

–Yo creo que, en cierto modo, parte de nuestras vidas es como una ópera. En las óperas muestran las intensas emociones que influyen en nuestras decisiones, ésas que nos obligan a hacer locuras.

Aquél era el hombre que le había ofrecido la oportunidad de casarse con él. Aquel alma de poeta que apenas había visto desde su regreso a Las Vegas.

–Yo creo que estamos al final del Segundo Acto. Ya sabes, cuando todo parece a punto de terminar mal.

–¿Y quizá es hora de empezar con el Tercer Acto?

Shelby no podía contestar. En una de sus óperas favoritas, *Tristán e Isolda,* los dos morían en el Tercer Acto. Pero por un amor profundo que capturaba sus almas, uniéndolas después de la muerte. Quizá era la niña de barrio pobre que había en ella, pero Shelby quería que un hombre la amara así.

–¿Qué es lo que quieres de mí?

Ésa era la pregunta del millón. Alan quería que su hijo fuera feliz y esperaba que ella arreglase lo que había estropeado en el pasado. Hayden quería dar por terminada aquella relación y vengarse. Pero, ¿qué quería ella? Shelby no lo sabía y era hora de averiguarlo.

–Supongo que una oportunidad de hacer que esto sea real.

Hayden no podría convencerla de que si le mostraba su alma él le mostraría su corazón. Pero Shelby sospechaba que si lo hacía, Hayden encontraría la venganza que buscaba. Sentía la espada de Damocles colgando sobre su cabeza. Y sabía que en cualquier momento podía caer.

–¿Hacer que esto sea real? –preguntó él–. No te entiendo. Esto es real, ¿no?

Tenía razón. No había nada sutil en su abrazo. Iba a perseguirla por sus propias razones y ella tenía que decidir qué iba a hacer. Sabía que no podría resistirse. Él era su anhelo secreto y no había sido capaz de olvidarlo. De modo que tenía que decidirse. ¿Iba a dejar que él se hiciera cargo de la relación o estaba dispuesta a jugar?

—Te deseo, Hayden. Y quiero hacerte una oferta.

—Estoy escuchando —murmuró él, jugando con las tiras de su camisola.

—Voy a ser sincera: quiero una oportunidad para que nos conozcamos mejor.

Hayden apartó la tira de la camisola y sopló sobre su hombro, haciéndola sentir un escalofrío.

—Muy bien.

—¿Muy bien?

Shelby no podía pensar cuando estaba tan cerca. Cuando la rodeaba con su calor, su roce y su aroma. Sólo quería cerrar los ojos y pensar que no habían pasado diez años. Cerrar los ojos e imaginar que Hayden MacKenzie podría querer a Shelby Paxton sólo por ser quien era.

—Quieres que me enamore de ti.

—Sí.

—Dejaré que intentes seducirme. Pero en serio, Shelby, yo no tengo corazón.

—Sí lo tienes. Y yo soy la mujer que va a encontrarlo.

Se había prometido a sí misma que lo haría. No había ningún problema que no pudiera resolver si se ponía a ello. Intentaría conocer mejor a Hayden y, poco a poco, encontraría el camino hasta su corazón porque sabía que lo tenía.

–Puede que tengas razón. Después de todo, tú fuiste la última que lo vio.

Ella se estremeció y no era por el roce de su mano. Era por la frialdad que había en esas palabras. Y se dio cuenta de que estaba arriesgando más de lo que pensaba.

–Doble o nada –murmuró. Ésa era la apuesta. Sus dos corazones unidos y en paz o rotos de nuevo.

–Es la clase de apuesta que hago todos los días en los negocios, pero esto...

–Yo me apunto si lo haces tú, Hayden –lo interrumpió ella.

–Muy bien. De acuerdo.

Capítulo Tres

—La única manera de hacer esto bien es que vivamos juntos —dijo Hayden mientras estaban tomando el postre.

Shelby casi se atragantó con un pedazo de tiramisú.

—¿Qué?

Hayden le dio unos golpecitos en la espalda mientras le ofrecía un vaso de agua. Le gustaba la idea de que viviera en su casa. Tener a Shelby allí cuando despertara y cuando se fuera a dormir... Ella había dicho que quería una oportunidad para conocerse mejor, para seducirlo. Vivir juntos era lo mejor para eso.

—¿Estás bien?

—Sí. No. No puedo pensar a estas horas. He comido demasiado.

Hayden sonrió, aunque sabía la verdad. No estaba lista para tomar esa decisión. Pero en cuanto viera su ático, capitularía.

—Ven a ver mi apartamento.

Shelby negó con la cabeza.

Hayden frunció el ceño. Shelby nunca le

43

había negado nada. Pero, claro, habían pasado diez años. Y ahora era una mujer diferente.

–¿Por qué no?

–Porque, al contrario que tú, yo necesito más de cuatro horas de sueño cada noche. Necesito ocho por lo menos y estoy agotada.

Tenía razón. Él mismo había recibido varios mensajes y había visto a Raoul, su director, en la puerta, esperándolo. Su trabajo le exigía una dedicación de dieciocho horas diarias. Pero no pensaba dejarlo pasar.

–¿Estás libre para desayunar?

–Podemos tomar un café. A las nueve tengo una conferencia telefónica con Paige y los decoradores de la tienda que vamos a abrir en Washington.

Hayden sacó el móvil del bolsillo y miró su agenda para el día siguiente. Tenía una reunión a las ocho con la comisión de juegos, seguida de una reunión con el equipo que llevaba las mesas de ruleta. Y tenía que hablar con el jefe de seguridad sobre el hombre que se sentaba en la primera fila todos los días desde que se estrenó el espectáculo de Roxy.

–¿A qué hora? –preguntó. Si era necesario, cambiaria alguna reunión.

¿Por qué hacía eso?, se preguntó entonces. Pero estaba claro: si Shelby de verdad quería darle una oportunidad a su relación, él también pensaba hacerlo.

Ella negó con la cabeza, su cabello rozando su hombro y cayendo sobre el escote de la camisola.

–No lo sé... ¿a las siete?

Hayden recordaba el sabor de su cuello, lo suave que era su piel y todo en él se puso en alerta. Deseaba a aquella mujer. La deseaba desnuda en su cama. Podía verla sobre las sábanas grises. Un toque de color en su dormitorio decorado en blanco y negro.

–¿Qué pasa? ¿Las siete no te parece bien?

Hayden sacudió la cabeza, pero no podía borrar la imagen de Shelby desnuda en su cama, con un par de cojines bajo las caderas. Esas largas pierna abiertas, invitándolo...

–No, es perfecto. Sube cuando estés lista.

Él estaba listo en aquel mismo instante y no sabía si podría esperar. Quería llevarla a su cama y olvidar el pasado de la manera más elemental. Dominarla haciéndola suya.

–Hayden...

–¿Sí? –murmuró él, mientras firmaba la cuenta.

–Se supone que soy yo quien debe seducirte.

–¿Tú crees que Tristán esperó por Isolda? –preguntó él, recordándole su ópera favorita, de la que solía hablarle cuando estaban juntos.

Ella sonrió. Con esa sonrisa suya, tan dulce y tan sexy al mismo tiempo.

–Seguro que no, pero él era un guerrero.

–Quizá yo también lo soy –contestó Hayden, tomándola por la cintura para salir del restaurante. Había aprendido una dura lección cuando lo había abandonado. Se había convertido en un hombre diferente por ella. Se dio cuenta de que ya no era el chico de oro que lo tenía todo en bandeja. En cambio, supo que era un hombre que lucharía por lo que deseaba.

–Pensé que eras un jugador.

–¿Un hombre no puede ser las dos cosas?

–Dímelo tú.

–Ya lo he hecho.

–¿Dónde vamos?

–Te acompaño a tu habitación.

–Ah, qué detalle.

Hayden se mordió el interior de la mejilla para no reírse.

–Soy un buen chico.

–Ja. Crees que voy a invitarte a entrar.

–Por favor, Shelby... Soy un poco más elegante que eso.

Subieron al ascensor. Había otra pareja que salió en el piso trece. La suite de Shelby estaba en el treinta y cinco y sacó la tarjeta del bolso cuando el ascensor se detuvo en su planta.

–Buenas noches.

Hayden salió tras ella.

–Sí, ha sido una buena noche.

–No, Hayden. Mira... esto no es fácil para mí.

–No quiero forzarte a nada, cariño. Sólo quiero acompañarte a tu habitación.

Algo que nunca había hecho antes, por cierto.

–Muy bien.

–Luego haré que te manden una copia de la tarjeta que abre mi ático.

Ella se puso colorada y Hayden se preguntó qué secretos guardaría. Su pasado no tenía nada que ver con el suyo y él no le había hecho preguntas. Quizá eso había sido parte del problema. Había aceptado los límites que ella marcaba porque así podía convertirla en lo que él quería.

–Sobre eso...

–No digas nada más. Hemos quedado en doble o nada. La apuesta es alta y, como tú misma has dicho, necesitas dormir. Empezaremos otra vez por la mañana.

Hayden le quitó la tarjeta de la mano y abrió la puerta de la habitación. Luego dio un paso adelante y rozó sus labios con los suyos. Un dulce saludo para sellar su acuerdo. Pero en cuanto la besó, supo que necesitaba más.

Ella abrió los labios y Hayden saboreó el interior de su boca. Buscó su lengua mientras apoyaba una mano en el quicio de la puerta para sujetarse, enterrando la otra en su pelo.

Cuando levantó la cabeza vio un brillo de deseo en sus ojos. Si insistía, podría tener lo que quería esa misma noche. Pero sabía que entonces perdería puntos.

De modo que, como despedida, pasó un dedo por sus labios antes de dejar caer la mano.

–Ahora es una buena noche –murmuró, devolviéndole la tarjeta.

Esperó hasta que Shelby cerró la puerta y luego volvió a subir al ascensor. No sabía qué iba a pasar con Shelby. Él no creía en el amor. Y quizá por eso no se había dado cuenta de que Shelby le escondía muchas cosas de su vida. Pero, por primera vez desde que abrió el casino, se sentía vivo de verdad.

Shelby había puesto el despertador a las seis, pero no le hizo falta. Hayden había plagado sus sueños. Él siempre había sido su sueño erótico, en el que pensaba por las noches, cuando nadie más podía saberlo.

Sus besos habían encendido un fuego que nunca se había extinguido del todo. Se sentía inquieta, nerviosa, cuando por fin sonó el despertador. Se duchó a toda prisa y se vistió en tiempo récord.

Con Hayden, todo era como había soñado que sería. Pero que Alan la hubiera enviado allí pesaba mucho sobre su conciencia. No sabía cómo hablar de su padre sin provocar una discusión.

Ansiosa por volver a verlo, deliberadamente esperó en su suite hasta las siete y diez. No quería que supiera cómo deseaba verlo. Quería ejercer cierto control, pero no sabía cómo hacerlo.

La tarjeta magnética de su ático había sido enviada por la noche, veinte minutos después de que él se fuera. La tenía en la mano. Era la llave de algo que siempre había querido. Algo en lo que no había creído lo suficiente la última vez, pero ahora...

El teléfono sonó antes de que pudiera completar el pensamiento y Shelby contestó con desgana. Sólo dos personas sabían que estaba allí: Alan y Paige.

—¿Sí?

—¿Cómo va el plan?

Era la voz de Alan MacKenzie, más ronca que la de su hijo, gracias, sin duda, a su adicción al tabaco. Shelby odiaba que nunca se identificara. Y sospechaba que lo hacía para demostrar que todo el mundo lo reconocía.

—¿Sigues ahí?

—Sí, estoy aquí... y esto no me gusta. Estoy aquí, pero se acabó, señor MacKenzie. No quiero hablar con usted a espaldas de su hijo.

—¿De verdad crees que mi hijo aceptará tu pasado? ¿Crees que olvidará que los primeros MacKenzie fueron fundadores de este país y tú ni siquiera sabes quién es tu padre?

Sus palabras dolían. Y Shelby se sintió avergonzada. Sí, lo pensaba. Hayden no era un esnob y era más bien su imagen y su deseo de intimidad lo que sufriría si eso se hacía público. Pero de todas formas sabía que no iba a ser fácil hacer que Hayden cambiara de opinión sobre ella.

–Haré lo que tenga que hacer.

Y después de decir eso, colgó.

El teléfono volvió a sonar, pero no contestó. La última vez que hizo lo que Alan le pedía le había hecho daño a Hayden. Y no pensaba volver a hacérselo.

Eran exactamente las siete y cuarto cuando salió del ascensor en el ático. Dudó un momento antes de llamar. Tenía la tarjeta, pero no se sentía cómoda abriendo la puerta como si fuera su habitación.

Él abrió unos segundos después. Llevaba un pantalón oscuro, una camisa azul que hacía juego con sus ojos y una corbata de color discreto. Tenía el teléfono apoyado entre el cuello y el hombro y le hizo un gesto para que entrase.

–Suena bien –estaba diciendo–. Llama a mi ayudante y prepara una reunión para mañana –añadió, antes de cortar la comunicación–. Esperaba que llegases temprano.

Shelby no sabía cómo responder. No quería decirle que había estado esperando quince minutos en su habitación. Cuando se conocieron lo necesitaba tanto que no quería repetir la experiencia. No quería que viese cómo lo necesitaba.

—He tenido que hacer algunas llamadas...

—El desayuno está en la terraza. Si tienes tiempo, luego haremos un pequeño recorrido por el casino.

Ella lo siguió por el brillante suelo de madera hasta el salón. No había equipo estéreo ni pantalla plana de televisión, lo cual parecía extraño para un hombre soltero. El sofá de piel y los sillones a juego miraban hacia la chimenea. Una de las paredes era enteramente de cristal y había un bar en la otra, con una mesa de póquer enfrente. Era una habitación muy masculina, pero tan acogedora que enseguida se sintió como en casa.

—Me gusta.

—Me alegro. Puedes cambiar lo que quieras salvo la zona de póquer. Organizo una partida con los amigos casi todos los meses.

—¿Tus amigos? Háblame de ellos —dijo Shelby. Quería saber más cosas de Hayden. Había tenido miedo de conocer a sus amigos diez años antes. Miedo de que, al compararla con ellos, se diera cuenta de lo diferente que era, de cómo el niño de oro no podía estar con alguien como ella.

—Bueno, ya te he hablado de Deacon. Es mi mejor amigo y mi socio. Y luego está Max Williams... fuimos juntos a la universidad. Y Scott Rivers, a quien conocí cuando estaba en Europa.

Ella levantó una ceja. Scott Rivers había sido un niño prodigio, una celebridad. No sabía que Hayden y él fueran amigos.

–¿Cuándo hiciste eso?

–Cuando tú te fuiste.

–¿Por qué? –preguntó Shelby. Entonces recordó que le había devuelto el millón de dólares a su padre. Pero no le había preguntado de dónde sacó el dinero.

–Estaba intentando que mi padre me diera el dinero que me había dejado mi abuelo.

–¿Y funcionó?

Pero sabía la respuesta. Alan era un hombre muy testarudo y quería darle una lección a su hijo. Desgraciadamente, había funcionado mejor de lo que pensaba.

–No, claro que no. Por fin, terminé en la Costa Azul, sin dinero. Me quedé en casa de Scott durante un tiempo y una mañana desperté con una resaca tremenda y sin un céntimo en el bolsillo. Y me di cuenta de que no podía seguir viviendo así. Mi padre no iba a dar su brazo a torcer, así que entré en un casino y pedí trabajo.

–¿Por qué un casino?

–Quería demostrarle a mi padre que podía ganar tanto dinero como él.

–¿Y lo hiciste?

–No estoy seguro –contestó él, sonriendo–. Pero entendí cuánto había trabajado y así tuvimos algo de qué hablar.

Hayden la llevó a la terraza, donde había una mesa de hierro con una cafetera y varias bandejas.

–Me acuerdo que te gustaban los cruasanes, pero no recuerdo mucho más.

–Un cruasán está bien.

También había huevos, beicon, salchichas y patatas fritas, pero no tenía apetito. No podía pensar en comida cuando Hayden estaba tan cerca. Porque lo deseaba.

–¿Qué te parece la vista?

Shelby miró Las Vegas. Era desde allí desde donde siempre había querido ver la ciudad. Y sabiendo eso, entendiendo que seguía siendo la niña de barrio pobre que quería desesperadamente escapar de su pasado, vaciló antes de decir nada. Porque seguía sin saber si quería decirle que sí a Hayden por todo lo que tenía o por él mismo.

El móvil de Hayden sonó para recordarle que debía bajar a la reunión de las ocho. Pero él no estaba dispuesto a irse todavía.

–¿Quién era? –preguntó Shelby.

–Tengo una reunión en cinco minutos.

Por primera vez en muchos años no tenía

ganas de trabajar. Shelby era mucho más interesante que cualquier reunión.

–Yo también tengo que irme –dijo ella, levantándose–. Gracias por invitarme a desayunar.

Él la tomó del brazo. Era un brazo delicado en comparación con su mano, pero sabía que Shelby tenía todo el poder. Porque la deseaba. Y haría lo que tuviera que hacer para acostarse con ella.

–Te he invitado a vivir conmigo durante una semana.

–Lo sé, pero si lo hago acabaremos en la cama y... no estoy lista para eso. No quiero cometer los mismos errores que la última vez.

–¿Qué errores? –preguntó Hayden.

Él creía que su único error la última vez había sido no comprarle regalos. Pero ahora sabía que había hecho otras cosas mal. Francamente, no estaba seguro de saber hacerlas bien ahora. Deseaba a Shelby... era la única mujer a la que nunca había olvidado, pero no sabía si era la clase de hombre capaz de comprometerse para siempre. Su mundo cambiaba cada día mientras se lanzaban los dados o se levantaba una carta.

–El error fue y volvería a ser dejar que el sexo lo ocupara todo. Que no nos dejara conocernos.

Entonces se pasaban la mayor parte del tiempo desnudos. Sabía que había sido el primer amante de Shelby y sabía también que parecían hechos el uno para el otro. Seguía teniendo una erección cada vez que recordaba esos momentos con ella.

–¿Por qué no? Nos entendíamos de maravilla en la cama.

–Tú sabes por qué no.

Era cierto. Lo sabía. Había sido fácil dejar que el sexo tomara el sitio de la amistad y el afecto. Aquella vez ella quería más... pero Hayden no sabía si él lo quería también.

–¿Estás libre esta noche?

–¿Para qué?

–Para volar sobre el desierto. Recuerdo que te gustaba mucho volar al atardecer.

Shelby nunca había subido a un avión antes de subir en su Cessna. A Hayden le encantaba volar. Y su colección de aviones se había ampliado desde entonces.

–Recuerdas muchas cosas sobre mí.

–Demasiadas, a veces.

–Me avergüenza decir que yo no recuerdo tantos detalles.

–¿Por que te avergüenza?

–Porque... entonces era tan frívola... Estaba..

–¿Qué?

–Estaba obsesionada por no ser como mi madre.

Lo había dicho tan bajito que Hayden supo que no había querido decirlo.

–¿Y sigues obsesionada?

–Creo que ese miedo está tan dentro de mí que nunca seré capaz de quitármelo de encima.

Él nunca le había preguntado por su familia. Sabía que no tenían dinero, ésa había sido parte de la atracción inicial, que lo necesitara, y que no se llevaba muy bien con su madre, pero no sabía nada más.

–¿Qué cosas te gustan, Hayden?

–Lo que te guste a ti –contestó él. Esperaba que no se diera cuenta de que estaba usando la misma frase que usaba con las demás mujeres. Pero no sabía hacer otra cosa.

–No, mira... si vamos a hacer esto... si voy a vivir aquí durante una semana, Hayden, tenemos que ser sinceros.

Él se pasó una mano por el cuello.

–Tú también tendrás que serlo.

Shelby tragó saliva.

–¿Qué quieres saber de mí?

–¿Por qué mi padre quiso que te fueras de Las Vegas?

Ella sintió un escalofrío. Hayden se dio cuenta y estuvo a punto de abrazarla, pero siempre había usado el sexo a cambio de otras emociones más reales y se obligó a sí mismo a no tocarla.

–Pues...

–Dilo. No pasa nada. ¿Era algo sobre tu madre?

–Sí.

–¿Algún secreto?

Shelby dejó escapar un largo suspiro.

–Mi madre es una stripper, Hayden.

–Muy bien. ¿Qué más?

–No sé quién es mi padre. Mi madre no está segura.

Hayden la tomó entonces entre sus brazos sin decir nada. Shelby se sentía pequeña y frágil y él quería quitarle esa carga de encima. Pero sabía que para su padre los antepasados eran importantes.

–Me da igual.

–Pero a mí no –dijo ella.

Hayden pasó una mano por su espalda, sin saber qué decir.

–¿Qué quieres hacer? Quiero que esta noche sea especial para ti, como lo era para mí volar al atardecer sobre el desierto –dijo Shelby.

Él la dejó cambiar de tema porque intuyó que necesitaba poner cierta distancia, olvidar lo que acababa de decir.

–Cualquier cosa en lo que pueda apostar: baloncesto, fútbol, lanzarme en paracaídas, atravesar el desierto en mi Harley, sexo...

Shelby inclinó a un lado la cabeza para estudiarlo.

–Menuda lista. No sé si se me ocurrirá algo tan interesante. Pero terminaré en la tienda alrededor de las ocho.

Luego tomó su cara entre las manos y lo besó. Había mucha emoción, pasada y presente en aquel beso. Y lo besaba con más entusiasmo que práctica. Hayden la tomó por la cintura para atraerla hacia él.

Unos segundos después, Shelby se apartó para mirarlo a los ojos. ¿Qué estaba buscando en ellos?

—Deja que haga esto. Quiero conocer al hombre en que te has convertido y mostrarte la mujer que soy.

Hayden dejó caer los brazos y se dio la vuelta, respirando profundamente para controlarse. Pero no podía. Se sentía inundado de Shelby. Su boca sabía a ella, sus manos parecían sentir todavía el calor de su piel...

Su móvil sonó en ese momento y soltó una palabrota en voz baja.

—Tengo que irme.

—¿Y lo de esta noche?

—Yo...

—Hayden, sé que he perdido tu confianza, pero deja que haga esto. Es importante para mí.

—Muy bien.

Shelby sonrió y Hayden se sintió como un héroe. Algo que no había sentido en mucho tiempo. Pero también le dio rabia que algo tan simple pudiera hacerlo tan feliz.

—¿Qué vamos a hacer?

—No lo sé. Pero cuando se me ocurra llamaré a tu ayudante para darle los detalles –contestó Shelby–. No vas a vigilarme, ¿verdad?

–¿Cómo?

–Con la cámara de seguridad o controlando mis llamadas.

–No puedo controlar tus llamadas.

–¿Y la cámara de seguridad?

–Me gusta mirarte, Shel.

Ella se puso colorada.

–A mí también me gusta mirarte.

–Podrías mudarte aquí hoy mismo.

–No, aún no. Quiero que me lo pidas cuando me conozcas mejor.

–Conozco lo importante.

–¿Por ejemplo?

–Que a los dos nos gusta acostarnos juntos –contestó Hayden, levantando las cejas.

Shelby rió mientras iban hacia el ascensor. Cuando bajó en su planta, Hayden la vio alejarse, pero supo que estaba haciendo progresos... con el objetivo de volver a tenerla en su cama.

Capítulo Cuatro

El día pasó a toda velocidad para Shelby. No sabía qué plan sería interesante para Hayden esa noche, pero no pensaba rendirse. No había llegado donde había llegado saliendo de un barrio pobre sin ser una persona testaruda. De modo que, mientras trabajaba, intentó encontrar algo que Hayden no esperase y que le resultara divertido.

Fue más difícil de lo que había pensado. ¿Por qué no podía ser como los demás hombres? Los hombres con los que había salido durante aquellos años, por ejemplo. Los hombres que... no eran importantes para ella.

A pesar de que Alan era el responsable de su regreso a Las Vegas, quería volver a estar con Hayden. De hecho, quería volver a estar con él durante el resto de su vida.

Y esa idea la asustaba porque hacía que cada momento fuera importante.

Aunque odiaba hacerlo, llamó a Alan Mac-Kenzie para pedirle alguna sugerencia. Porque el hecho era que Alan conocía a Hayden mucho mejor que ella. Pero Shelby juró que eso iba a cambiar.

Alan le dio el número de teléfono del puerto en el lago Mead, donde Hayden tenía un yate, y dijo que llamaría por la mañana para que le contase cómo había ido.

Shelby decidió que por la mañana tendría el teléfono apagado. Deseaba que llegase el momento de estar con Hayden siendo ella misma. La primera vez había sido demasiado joven y tenía demasiado miedo de que él viera lo que era en realidad. Tenía miedo de que supiera cuál era su pasado y su familia.

Y eso, al final, había hecho que lo dejase plantado en la iglesia. Pero aquella vez... aquella vez tenía que evitar que supiera que su padre la había mandado a Las Vegas porque estaba enamorándose de verdad. Como una mujer adulta, no como una niña.

Era curioso que Hayden no hubiese mencionado el yate. Quizá era un secreto... ella sabía lo exigente que podía ser un trabajo como el suyo. ¿Sería el yate una válvula de escape? ¿El único sitio donde nadie podía encontrarlo?

Se sentía indecisa y eso no le gustaba. No pensaba que no merecía a un hombre como Hayden. Ya no. Pero estar en Las Vegas le recordaba la chica que había sido. Y esa chica tenía demasiadas inseguridades.

El teléfono sonó y Shelby terminó de abrochar un sujetador a un maniquí antes de contestar. El sujetador, de cuero color granate, tenía un tanga a juego y era una de las prendas que más vendían en la tienda.

–Me gusta mucho ese sujetador –la voz de Hayden, ronca y masculina, la hizo sonreír.

–Mirón.

–Sí, bueno, me gusta mirar. No es un pecado.

Pero su voz sonaba como un pecado. Un pecado mortal. Por la mañana había estado conteniéndose, pero ya no. Shelby se sentía inquieta y sabía que Hayden sentía lo mismo.

–¿Te importaría inclinarte un poco y pasarte las manos por el trasero?

–¿Eso es lo que quieres? –preguntó ella, sorprendida.

–Cariño, tú sabes que sí.

Sabía que estaba jugando a un juego muy peligroso con Hayden. En el ámbito sexual nunca había sido aventurera, nunca se había arriesgado. Bueno, en realidad, tampoco se arriesgaba demasiado en la vida.

Pero ahora, en Las Vegas, no podía evitarlo. Quería ser su fantasía. De modo que, inclinándose un poco hacia delante, pasó las manos sensualmente por sus muslos y luego miró hacia la cámara.

–¿Qué tal?

–Perfecto. Ahora ponte ese tanga y haz exactamente lo mismo.

El teléfono era inalámbrico de modo que Shelby se inclinó para sacar la prenda de una de las cajas.

–¿Te has puesto alguna vez ropa interior de cuero?

–No –rió Hayden.

–Pues si quieres que yo me lo ponga, tú también tendrás que hacerlo.

–¿No te gusta el cuero?

En realidad, le gustaba. La hacía sentir muy sexy.

–Sí, bueno...

–¿Es incómodo?

–No, pero no esconde ninguna imperfección.

–¿Qué imperfección? –preguntó él–. Tú no tienes ninguna.

Shelby se encogió de hombros. Ella sabía que las tenía. Se pasaba la mayor parte del día en una oficina y, aunque intentaba ir al gimnasio, la mayoría de los días no podía.

Tenía los muslos blandos y por muchos abdominales que hiciera siempre tendría un poco de barriguita. Aun así, se sentía contenta con su cuerpo, pero no quería verse desnuda bajo una lámpara. Y tampoco quería que la viese Hayden.

–No me obligues a hacer una lista.

La imagen era importante. Su madre le había metido eso en la cabeza desde que era pequeña. «Ser guapa es lo único con lo que puede contar una chica pobre», decía Terry Paxton. Pero Shelby había descubierto que el cerebro era mucho más importante.

–Muy bien, no lo haré. ¿Has hecho algún plan para esta noche?

Sí, pero no pensaba decírselo.

–No, aún estoy intentando decidirme. No sé qué podría gustarte...

–Me gusta estar contigo, Shel. Siempre me ha gustado.

–Sabes lo que debes decir para que una mujer se ponga ropa interior de cuero.

Hayden rió y Shelby tuvo que sonreír.

–Ése era mi plan.

–No te conozco lo suficiente, así que no sé...

–¿Quieres pasar la noche en el casino?

–No me gusta jugar. Cuando gasto dinero quiero ver el resultado en mi mano.

–¿Por ejemplo?

–Zapatos –contestó ella.

–¿Zapatos? Una noche en el casino es mejor que comprar zapatos.

Shelby respiró profundamente.

–Bueno, a lo mejor hay una cosa que es mejor que comprar zapatos.

–¿El sexo?

–Contigo –contestó ella, antes de colgar. Luego le hizo un guiño a la cámara y puso el sujetador y el tanga de cuero en una bolsita de la tienda.

Hayden se pasó el día controlando que todo estuviera listo para el campeonato mundial de póquer para celebridades. La competición, que se emitiría por televisión, tendría lugar el mes siguiente y el productor y sus ayudantes estaban en Las Vegas aquel día para hablar de los detalles.

Scott Rivers era uno de los mejores jugadores de póquer del mundo y había sido una estrella del cine y la televisión cuando era un niño. Había crecido en televisión y solía decir que todo el mundo creía conocerlo.

Pero pocos lo conocían de verdad. Incluso después de tantos años, Hayden sospechaba que había una parte de Scott que mantenía escondida. Crecer bajo los focos había convertido a su amigo en un camaleón. De hecho, Hayden nunca lo había visto en una situación incómoda, o preocupado...

Pero también era una de las pocas personas que lo había visto en su peor momento. Y eso había forjado un lazo entre ellos. Scott era uno de sus mejores amigos y Hayden se alegraba de que pronto estuviera en Las Vegas. Además, hablar con la gente de televisión era una distracción. Ver a Shelby esa mañana, besarla, coquetear con ella por teléfono, mirándola como un obseso... bueno, no era un trabajo muy productivo.

Su móvil sonó cuando entraba en su ascensor privado.

–¿Sí?

–Hola, Mac Pasta. ¿Jugamos al póquer esta noche? –preguntó Deacon.

–No puedo. El mes que viene, cuando venga Scott.

–¿El mes que viene? ¿Qué tal mañana?

–No puedo.

–¿Por qué?

–Estoy ocupado.

–¿Con quién?

–¿Por qué necesitas algo que hacer por las noches? ¿Kylie está enfadada contigo?

–No, todo lo contrario. Pero quiero que piense que estoy ocupado.

–¿Mientes a tu mujer?

–No. ¿Qué estás haciendo? ¿Sales con la pelirroja de la lencería?

Hayden deseaba a veces que no fueran tan amigos, pero la verdad era que Deacon era una de las pocas personas a las que quería de verdad.

–Es posible.

–Genial. Llévala a la partida. Podemos cenar juntos.

–No puedo. Tenemos otros planes.

—¿Por favor?

—¿Qué quiere Kylie que hagas?

—Cenar con la Liga de Preservación de Las Vegas. Un montón de pesados forrados de pasta que quieren limpiar la ciudad.

Hayden tuvo que sonreír. Deacon había crecido en las calles de Las Vegas, siendo despreciado precisamente por las personas con las que Kylie quería que cenase.

—Lo siento. No puedo ayudarte.

—Bueno, pero llámame a las ocho y media.

Hayden rió. Sabía que Deacon querría irse de esa cena, pero no lo haría. Porque le encantaba estar con su mujer. Estaba loco por ella y no la dejaba sola ni un momento.

—Hasta luego, Deac.

—Hasta luego.

Hayden se pasó una mano por el cuello mientras salía del ascensor. Esperaba que a él no le pasara lo mismo. No quería estar tan enamorado de una mujer como para soportar cosas como ésa.

Shelby estaba esperándolo en la puerta de su ático.

—¿Estás bien?

—Ahora sí —contestó él.

Hayden se inclinó para darle el beso que llevaba todo el día deseando, apretándola con tanta fuerza que hasta él mismo se asustó.

Todo su cuerpo se puso tenso de anticipación al sentir el roce de sus pechos. Cómo la deseaba. No era un deseo que pudiera ser satisfecho con cualquier otra mujer. Deseaba el sabor de su lengua, la suave piel bajo sus manos, sus curvas...

Susurró su nombre mientras la besaba en el cuello y Shelby pronunció el suyo.

Hayden la mordió suavemente y ella se arqueó. Entonces chupó el sitio donde la había mordido. Quería marcarla como suya. Asegurarse de que cualquiera que la viera sabría que estaba con otro. Que ya tenía un hombre.

Ella suspiró, apartándose.

Hayden levantó una ceja.

—Por favor dime que vamos a quedarnos en casa.

—No, lo siento.

Estaba colorada y tenía los labios un poco hinchados. Hayden miró su cuello y le encantó ver allí la marca de su posesión.

—¿Qué planes tienes?

—Ya sé lo que vamos a hacer esta noche, pero te he llamado a la oficina y te habías ido.

Shelby, con un pantalón pirata de color caqui y una camiseta negra, llevaba el pelo sujeto en un moño del que caían unos cuantos mechones a cada lado de su cara. Estaba preciosa, pero parecía insegura.

—¿Qué es? ¿Vas a llevarme a algún club sólo para hombres?

Ella levantó una ceja.

–¿Alguna mujer ha sugerido tal cosa? –preguntó, con cierto tono altivo. Eso era algo nuevo en Shelby. La antigua Shelby no era así. Hacía lo que le pedía y nunca protestaba o se enfrentaba con él. Pero aquella nueva mujer tenía más personalidad.

–Lo he visto en las películas –sonrió Hayden. Ella lo hacía feliz de verdad. Como ninguna otra mujer.

–¿Qué clase de películas?

Él inclinó a un lado la cabeza.

–Ahora que lo pienso, me parece que tú no ves ese tipo de películas.

–¿Películas porno?

–Esto... no pienso hablar si no es en presencia de mi abogado –contestó Hayden, tomando su mano.

Su acuerdo con Alan tenía algunas ventajas, desde luego. Shelby había hablado con el responsable del puerto para que el yate estuviese preparado. El lago Mead estaba al este de Las Vegas y Shelby había pedido indicaciones en la recepción del hotel antes de subir al ático.

Aunque tenía miedo porque sabía que, tarde o temprano, tendría que revelarle que su padre estaba, una vez más, detrás de todo, manipulando las cosas. Pero había tomado la decisión de no volver a hablar con Alan Mackenzie. Quería averiguar cosas de Hayden por sí misma, no a través de su padre.

Pero sacudió esos miedos por esa noche. El sol estaba poniéndose y una suave brisa entraba por la ventanilla de su coche. Hayden iba sonriendo.

–¿Dónde vamos?

–Es una sorpresa.

–Cariño, he vivido aquí toda mi vida. No vas a sorprenderme.

–Ya verás como sí.

Ella también se había criado en Las Vegas y había muchas cosas que no conocía de su ciudad. Por supuesto, ella solía frecuentar zonas a las que Hayden jamás habría ido. Zonas que eran sólo para los pobres y los drogadictos.

–¿Cómo?

Shelby se sacudió los penosos recuerdos de infancia para concentrarse en Hayden. Porque, después de diez años, estaba decidida a hacer que esa relación funcionara.

Cuando tomó la autopista interestatal comprobó que Hayden parecía verdaderamente sorprendido.

–¿Qué puede haber por aquí? –preguntó, mirando el desierto que se extendía ante su vista.

Para no sonreír, Shelby se mordió los labios mientras sacaba una máscara negra del bolso.

–¿Qué es esto?

–Póntela.

Hayden tocó la seda y cuando sus ojos se encontraron Shelby vio deseo en ellos. Y se estremeció. Hayden parecía pensar que aquello era el preludio de un encuentro amoroso...

–¿Sexo en la autopista? ¿Cómo has adivinado que me gusta?

Antes de que pudiera contestar, él pasó un dedo por su cuello, rozando la marca que le había hecho antes con los dientes.

–¿Tienes algo más en la bolsa... unas esposas por ejemplo?

–Quizá. ¿Te gusta que te aten? –preguntó ella.

–No, preferiría atarte yo a ti.

Era de imaginar. Hayden MacKenzie era la clase de hombre que prefería llevar el control. Pero, de repente, Shelby tenía los labios secos y tuvo que pasarse la punta de la lengua.

–Ponte la máscara, anda.

–¿Ahora?

–Ahora.

–Cariño, si me la pongo me debes una.

–¿De verdad? ¿Qué te debo?

–Un baile.

–¿Un baile?

–Sí, un baile muy sexy con ese tanga de cuero. ¿Trato hecho?

Ella inclinó a un lado la cabeza, pensativa.

–Trato hecho.

Hayden se puso la máscara sobre los ojos y apoyó la cabeza en el asiento.

El coche que conducía, un Lincoln, era el mismo que tenía en Atlanta, de modo que se sentía muy cómoda tras el volante. Pero poco después sonó su móvil. Era Paige y por primera vez desde que Paige y ella abrieron la cadena de tiendas, Shelby vaciló. Aquella noche no quería pensar en el trabajo.

—Tengo que contestar.

—Muy bien.

—Hola, Paige. ¿Qué tal?

—Bien. Sólo quería saber qué te ha parecido la conferencia de esta mañana.

—A mí me ha parecido estupenda. Los decoradores tienen las mismas ideas que nosotras. Oye, ¿podemos hablar mañana?

—¿Por qué?

—Es que... estoy en una especie de cita.

—¿Una cita? ¿Con Hayden?

—Sí.

—Muy bien. Llámame mañana. Quiero detalles y no me refiero a la conferencia.

Shelby sonrió.

—Muy bien.

Después de cortar la comunicación, guardó el móvil en el bolso.

—¿Quién era?

—Mi socia, Paige. La conoces, ¿no?

—Sí, claro. Hablé con ella para alquilarle

el local. Y parece simpática. Eliges bien, Shelby.

–Gracias.

Hayden alargó una mano para tocar el interior de su muslo. Sus largos dedos empezaron a trazar un patrón que la excitó. Lo deseaba más de lo que había deseado a ningún hombre.

–Dame una pista.

–¿Sobre qué?

–Sobre lo que vamos a hacer –contestó él, sin dejar de acariciarla. Shelby tuvo que cerrar las piernas para que no la tocase donde él quería.

–Para, Hayden.

–No. Tú me has obligado a ponerme una máscara y yo también tengo derecho a algo.

–¿Y qué quieres?

–Que abras las piernas.

Shelby obedeció y Hayden siguió acariciando el interior de sus muslos. Estaba tan nerviosa que casi no podía concentrarse en conducir.

–¿Vamos a algún casino?

–No –contestó ella, sujetando su mano–. Y confío en el juego limpio.

–No cuentes con ello, Shelby. No siempre soy un buen tipo. Por algo soy un jugador.

–Eres mucho más que un jugador, Hayden. No lo dudes.

–No dejes que te haga daño, Shel. Estoy intrigado, pero si quieres que sea sincero, no sé cómo retener algo que quiero.

–¿Y me quieres a mí? –preguntó ella.

–Sí.

Ese monosílabo hizo que le temblasen las manos y se alegró de que Hayden llevase la máscara. No quería que viera cómo la habían afectado sus palabras.

–Entonces, no nos haremos daño el uno al otro de nuevo.

Capítulo Cinco

El olor del agua fue lo primero que Hayden percibió. Shelby había insistido en que no se quitara la máscara mientras lo llevaba por el aparcamiento, pero cuando sintió las planchas de madera del muelle bajo los pies, Hayden se detuvo.

¿Cómo lo había sabido? Aquél era uno de sus secretos.

—Estamos en el lago.

Ni siquiera su ayudante sabía que había comprado un yate. Era la única cosa que se guardaba para sí mismo y no compartía con nadie. Pero Shelby lo había descubierto.

—¿Te sorprende?

—Sí. ¿Cómo has sabido lo del yate?

—No puedo revelarte mi fuente. Pero he tardado muchas horas en averiguarlo, te lo aseguro.

Hayden se quitó la máscara y la guardó en el bolsillo para luego. Le conmovía que hubiera rebuscado y preguntado para descubrir qué podía gustarle.

–¿Has alquilado un barco?

–Pues no, mi fuente me ha dicho que tú tenías uno.

–Así es. Sígueme.

Shelby llevaba una cesta de merienda en la mano izquierda y el enorme bolsón de piel negra colgado al hombro.

Hayden la llevó hasta el Lady Luck, su yate de veinte metros de eslora.

–¿La suerte ha sido una dama? –bromeó ella, haciendo referencia al nombre del barco.

–Casi siempre. Porque siempre la trato bien.

–Se te dan bien las señoras.

Hayden la ayudó a subir a bordo. Pero esas palabras se repetían en su cabeza. Sus buenas maneras con las señoras siempre le habían resultado productivas. Nunca había habido una que se le resistiera. Pero nunca se quedaban con él. ¿Qué decía eso de su personalidad?

La única constante en su vida era el casino Chimera. El riesgo era su vida, pero eso significaba que su vida estaba cambiando constantemente.

Poco después, el yate se dirigía al centro del lago. Hacía una noche agradable, con una suave brisa. Hayden miró a Shelby, aún asombrado de que hubiera descubierto su secreto.

No había sido un examen para ella. Pero si lo hubiera sido, habría aprobado. Eso lo asustaba porque había muchas cosas que él había olvidado de Shelby. Por ejemplo, que le alegraba la vida, que todo era más interesante estando con ella. Incluso cuando eran más jóvenes. Ella lo hacía desear arriesgarse más y eso era peligroso.

–¿Has guiado un barco alguna vez?

–No. Una vez Paige y yo hicimos una fiesta en un lago para unos proveedores, pero había un capitán.

–Háblame de tu negocio. Si quieres que sea sincero, me llevé una sorpresa cuando supe que eras la propietaria de una cadena de lencerías tan importante.

Shelby se mordió los labios. Y Hayden vio un brillo de tristeza en sus ojos.

–No lo he dicho como un insulto, Shelby. Es que no parecías interesada en los negocios cuando nos conocimos.

–Lo sé. Entonces sólo estaba interesada en pasarlo bien.

–Yo diría que los dos estábamos interesados en lo mismo.

–Cuando me fui con el dinero... pensé que todos mis problemas estaban resueltos. No podía creer que tuviese un millón de dólares. Tú no puedes entenderlo, Hayden, pero nunca imaginé que yo pudiera tener tanto dinero. Me parecía irreal.

–Que yo siempre haya tenido dinero no significa que no te entienda. ¿Que hiciste con el millón?

–Me fui de compras. Luego, dos días después, me di cuenta de que todo lo que había comprado se iría algún día y estaría en el mismo sitio...

–¿Y qué?

–No podría hacer eso otra vez, Hayden. Pienses lo que pienses de mí, quiero que sepas que dejarte fue lo más difícil que he hecho en toda mi vida.

Él alargó la mano para acariciar su cara, dándose cuenta de que aquella mujer tan independiente era, en realidad, demasiado blanda para él. Demasiado inocente. A pesar de haberlo dejado, sabía que él y su padre fueron los culpables. Cuando empezó a salir con ella para enfadar a Alan MacKenzie la había colocado en medio de una pelea en la que Shelby no tenía nada que ver.

–Lo sé. Dime cómo empezaste con la tienda.

–Bueno, primero fui a la universidad. Como no iba a usar mi cuerpo para ganar dinero, pensé que lo mejor sería usar el cerebro.

–No tiene que ser lo uno o lo otro.

–Ahora lo sé. Pero entonces sólo tenía veintidós años. Pensaba que era muy madura, pero no era verdad. Sabía cosas de la vida que otras personas desconocían, pero en realidad era una ignorante.

Hayden asintió. También él creía saberlo todo cuando era joven, pero mirando atrás se daba cuenta de lo poco que sabía de la vida.

–Paige y yo trabajábamos en la lencería de unos grandes almacenes. Supongo que la idea nació allí. Pero queríamos algo más exclusivo, con más estilo. Paige decía que teníamos que ponerle un nombre francés porque los franceses lo saben todo sobre el sexo.

Hayden soltó una carcajada y Shelby rió también.

–Paige a veces dice cada cosa... pero tenía razón. Como las dos habíamos conseguido dinero de una forma poco ortodoxa, yo sugerí llamar a la tienda Bêcheur d'Or. La mayoría de los clientes reconocen la palabra oro en francés y nos dio la idea de que las bolsas fueran doradas.

–¿De dónde sacó Paige el dinero?

Shelby se detuvo, mirándolo.

–Fue la amante de un hombre muy rico durante un año. No sé más detalles.

Esperaba un comentario cortante o grosero, pero Hayden, viviendo en Las Vegas, lo había visto todo.

Y estaba impresionado. Aunque el dinero no era suyo, lo había invertido sabiamente. En el ámbito profesional, era una mujer muy sensata.

Pero le daba miedo volver a salir con Shelby porque tenía inseguridades que no conocía. Y no quería volver a hacerle daño.

***

Shelby no había querido que la charla fuera tan seria. Aquella noche tenía que ser para él, no para ella. Al fin y al cabo, era su sorpresa. Así que, después de cenar, se sentó en cubierta y dejó los pies colgando sobre el agua del lago.

–¿Qué has hecho hoy?

–Reuniones y cosas así.

–¿Sólo asuntos del casino todo el día?

–No, también he ido al centro juvenil que hemos montado Deacon y yo.

Shelby lo miró, sorprendida.

–¿Un centro juvenil?

–Para los hijos de los empleados –contestó Hayden–. Es un centro de ocio para niños de todas las edades.

–¿Y qué haces tú allí?

–Normalmente me dedico a escalar el rocódromo.

–¿Qué?

–Ya sabes, esas paredes verticales que tienen sujecciones. Es como escalar una montaña, pero en casa –sonrió Hayden–. A los chicos les gusta retarme.

–¿Y les dejas ganar?

–De eso nada. ¿Qué van a aprender si les dejas ganar?

–Sí, eso es verdad. Pero te gusta, ¿no?

–Sí, me gusta. No lo esperaba, pero lo paso bien con ellos.

Había descubierto más cosas sobre Hayden en aquellos cuarenta minutos que en todo el tiempo que salieron juntos diez años atrás. Era un hombre muy complejo y tenía miedo de no ser capaz de estar a su altura.

Pero estaba dispuesta a intentarlo. Estaba enamorándose de él otra vez. Pero esta vez sabía que era de verdad. No un sueño lejano, sino algo real. Una emoción que podría durar una vida entera.

Hayden se apoyó hacia atrás sobre los codos, como un potentado. Era demasiado sexy aquel hombre, pensó. Ella seguía sintiéndose inquieta y excitada por el coqueteo en el coche. La asombraba cómo Hayden hacía que todo acabara siendo un juego sensual.

–¿Había gente de la televisión en el casino esta mañana?

–Sí. Veo que tu fuente tiene buenos contactos –sonrió él–. El mes que viene se celebrará un campeonato de póquer para celebridades.

–Ah, qué emocionante.

–¿Sueles verlo?

En realidad, Shelby no pasaba mucho tiempo en casa. Era una adicta al trabajo que sólo tenía tiempo para ir a la ópera de vez en cuando y poco más.

–No, la verdad es que no veo mucho la televisión. ¿Y tú?

Hayden se encogió de hombros.

–Tampoco. Pero intento verla cuando sale Scott.

–No puedo creer que conozcas personalmente a Scott Rivers. Es famosísimo.

–Para mí es sólo un buen amigo.

Shelby se dio cuenta de que lo apreciaba de verdad. Sabía por el pasado y por lo que estaba descubriendo sobre él que tenía varios amigos íntimos. Hayden MacKenzie era agradable con todo el mundo, pero poca gente lo conocía.

–¿Por qué te gusta venir al lago?

–No lo sé. Me gusta estar solo, supongo. Puedo relajarme y dejar de pensar en el trabajo... A veces me dedico a pescar, otras no haga nada, como esta noche.

–¿Cómo es dirigir el Chimera?

–Emocionante, frustrante, divertido, a veces una pesadez. Es un millón de cosas, pero la verdad es que no lo cambiaría por nada del mundo.

–A mí me pasa lo mismo con las tiendas.

Hayden sonrió.

–¿Vamos a hablar de negocios toda la noche? Se supone que deberías estar seduciéndome.

–¿Yo he dicho eso? Me parece que es una fantasía tuya.

–Bueno, no discutamos sobre nimiedades.

–Ojalá lo hubiese planeado mejor. Pero creo

que nadar contigo a la luz de la luna podría ser muy divertido.

–¿Qué tenías pensado?

Shelby sonrió.

–Nada de bañador.

–No nos hacen falta.

Bañarse desnudos. Aunque había visto a Hayden desnudo muchas veces y no era precisamente una cría, la idea de bañarse desnudos tenía algo de prohibido, de pecaminoso. Y Shelby se había pasado la vida siguiendo las reglas de un juego que siempre parecía estar contra ella.

–¿Te sorprende?

–¿Querías que me sorprendiera?

–Sí. Pareces tan contenido... tan intocable a veces. Quería pillarte por sorpresa.

–Y lo has hecho.

Shelby empezó a levantar el borde de su camiseta negra.

–¿Esto contaría por el bailecito sexy?

–¿Quieres negociar?

–Sí.

Hayden se rascó la barbilla.

–No pienso olvidarme del baile, así que tendremos que negociar otra cosa.

–¿Qué? Aquí no hay nadie más que nosotros dos.

Él la estudió cuidadosamente y luego la tomó en brazos para sentarla sobre sus piernas. El roce de su torso la excitaba. Podía notarlo en sus pezones empujando contra la tela de la camiseta.

Intentó disimular pero, por el brillo de sus ojos, Hayden lo sabía. Sabía que era suya. Estaba demasiado acostumbrado a tener todo lo que quería, demasiado acostumbrado a controlarlo todo. Pero Shelby también necesitaba mandar. Aunque sólo fuera una vez.

–El último es un blando –dijo, quitándose la camiseta.

Hayden era un competidor nato, de modo que se quitó la ropa a toda velocidad. Pero ver el cuerpo desnudo de Shelby lo detuvo un momento. Y supo cuándo ella se dio cuenta de que estaba mirándola porque inclinó a un lado la cabeza y se pasó las manos por los pechos y el estómago. Luego empezó a jugar con el botón de los pantalones...

–¿Me dejas ventaja?

Su voz era más ronca de lo normal y la tentación, irresistible. Y lo único que Hayden podía hacer era quedarse mirando sus largas piernas.

Guiñándole un ojo, Shelby se inclinó un poco para quitarse los pantalones. La sutil telita del tanga negro hizo que Hayden tuviese que apretar los puños, nervioso.

Ella lo miró por encima del hombro y se

soltó el pelo. Sacudiendo un poco la cabeza, dejó que la melena cayera por su espalda y Hayden empezó a verlo todo rojo. Dio un paso hacia Shelby, pero tenía los pantalones por las rodillas y estuvo a punto de caer al suelo.

–Voy a ganar –dijo ella, retándolo mientras doblaba su ropa. Luego se lanzó al agua sin esperar más.

Los pantalones de Hayden estaban enganchados en sus tobillos y no parecía capaz de quitárselos. Cuando por fin lo logró, se lanzó al agua de cabeza.

–¡He ganado! –exclamó Shelby, muerta de risa.

–Has ganado con artimañas.

–¿Cómo que artimañas? Yo me he tirado antes.

–Da igual –suspiró él, tomándola por la cintura–. La resistencia es inútil.

–¿La resistencia es inútil? ¿Ésa no es una frase de *Star Trek?* –rió Shelby.

–Pensé que no veías la televisión.

–*Star Trek* es algo más que televisión. Pero no pensé que a ti te gustaría.

–Soy un hombre lleno de sorpresas –sonrió él. Estaba excitado y sentía que iba a explotar si no la tomaba pronto. Pero le encantaba cómo se movía bajo el agua–. Y pronto lo comprobarás.

–Me parece a mí que eres un poquito arrogante.

–Te lo demostraré.

Había pasado demasiado tiempo. Pero sabía que debía ir despacio porque, a pesar de las bromas, Shelby seguía portándose con cierta inseguridad. Y la última vez, el sexo lo había enredado todo.

Shelby se hundió bajo el agua y empezó a acariciar sus muslos... y su miembro, que ya llevaba un rato intentando llamar la atención.

A Hayden se le olvidó que los seres humanos no podían respirar bajo el agua y la buscó, desesperado, pero Shelby ya había sacado la cabeza, riendo.

–¿Sigues queriendo demostrar algo?

Aquello era lo que le faltaba a su vida. Aquel elemento de diversión, de emoción, de sorpresa con una mujer. Todo eso había estado ausente en sus relaciones con las mujeres desde que Shelby se marchó. De modo que la abrazó por la espalda y empezó a besarla en el cuello. Lo que quería era subir al yate y hacerle el amor allí mismo, en cubierta. Quería hacerla suya, tan suya que no pudieran separarse nunca más.

Ella levantó la cabeza, con los ojos brillantes.

–Shelby...

–No intentes tentarme con esa voz tuya. La recuerdo muy bien.

Hayden cerró los ojos, respirando su aroma. La necesitaba como el aire para respirar e intentó satisfacer ese deseo como satisfacía todos los demás.

Tomándola por la cintura, la levantó ligeramente y buscó uno de sus pechos con la boca. Trazó el pezón con la lengua, lamiéndolo suavemente hasta que sintió que ella le clavaba las uñas en la espalda. La mordió con cuidado para no hacerle daño y la oyó murmurar su nombre. Los dos se hundieron entonces bajo el agua y Hayden se dio cuenta de que tenían que salir del lago inmediatamente.

Necesitaba más. La necesitaba ahora. Y ella también. Sujetándola cuidadosamente con un brazo, nadaron juntos hasta la plataforma que había en la popa y la ayudó a sentarse.

Pero cuando iba a levantarse, Hayden la sujetó.

–Todavía no.

Capítulo Seis

Hayden salió del agua usando la fuerza de sus brazos. Su erección era grande y de aspecto fiero.

Sin decir nada, la tomó en brazos para subir a cubierta. Los restos de la cena y su ropa seguían allí, donde los habían dejado.

Shelby se sentía un poco avergonzada por su abandono, pero le gustaba tanto estar entre sus brazos que supo sin ninguna duda que estaba donde debía estar. Era una especie de confirmación de que había hecho lo correcto volviendo a Las Vegas para resolver el pasado y cimentar el futuro.

Hayden y ella no habían terminado. Su historia no se había roto, a pesar de todo, y eso la hacía feliz.

De modo que enredó los brazos en su cuello y cerró los ojos.

Hayden bajó con ella al camarote y la dejó al lado de la cama. Estaban empapando la moqueta, pero sabía que a Hayden no le importaba. Sus ojos estaban ardiendo.

–No te muevas.

Le gustaba dar órdenes, pero ella no pensaba caer en la trampa en la que había caído la primera vez. De modo que lo siguió al cuarto de baño y lo vio inclinarse para sacar dos toallas azul marino de un armario.

Shelby le dio un pellizco en el trasero.

—¿No te había dicho que te quedases donde estabas?

—No me gusta que me den órdenes —contestó ella. Pero necesitaba que aquello fuera algo más que una relación de poder. Quería que los dos perdieran la cabeza. Los dos.

—Eso ya lo veremos.

—Sí, ya lo veremos.

Shelby tomó una de las toallas.

—Espera, voy a secarte.

—Me gusta la idea —sonrió Hayden.

Iba a secarlo con la toalla, pero él sujetó su mano.

—Hazlo con la lengua.

Shelby tragó saliva. Hayden era un amante dominante y debía admitir que la atraía como ningún otro hombre. Pero dos podían jugar al mismo juego. A él le gustaba dar órdenes, pero Shelby sabía que no era inmune a sus encantos.

—Cierra los ojos —le ordenó, deslizando un dedo por la línea de vello que iba desde su pecho hasta su miembro erguido, pero apenas rozándolo.

Lamió las gotas de agua que había en su pecho mientras lo secaba suavemente con la toalla.

Luego se puso de rodillas delante de él, siguiendo las gotas de agua hasta sus fuertes muslos...

Quería llegar más lejos que nunca. De modo que inclinó la cabeza, rozando su erección con los labios. Hayden la sujetaba, acariciando su pelo, pero no empujándola o acercándola a él.

Shelby echó la cabeza hacia atrás para mirarlo. Estaba colorado y respiraba agitadamente.

–Hayden, ¿puedo...?

–Sólo si quieres.

Shelby quería. Su miembro era como de seda. Inclinó la cabeza y pasó la lengua arriba y abajo. Tomándose su tiempo lo saboreó y descubrió los cambios en la piel, las venas marcadas... Metiendo la mano entre sus piernas, agarró sus testículos, masajeándolos con la palma de la mano mientras rodeaba el miembro con la boca para acariciarlo. Sentía que Hayden no podía más, que estaba a punto de explotar, pero era muy excitante.

Saboreó una gota de semen antes de que él se apartase y la levantara para tomarla en brazos y llevarla al dormitorio de nuevo. A Shelby le encantaba estar pegada a él, sintiendo la fuerza de sus brazos.

Cuando la dejó en el suelo, se puso de puntillas para buscar su boca. Le encantaba cómo la besaba, como si tuviera toda la vida para hacerlo, como si no pensara terminar hasta que hubiera explorado todos sus secretos. Y ella quería conocerlo de la misma forma. De modo que tomó su cara entre las manos y trazó la comisura de sus labios con la lengua, tentándolo aún más.

Él seguía abrazándola, pero no se movió. Hayden MacKenzie siempre parecía controlarlo todo... ¿Qué habría que hacer para que perdiese la cabeza?

Shelby metió la lengua en su boca y volvió a sacarla, repitiendo el movimiento tan parecido a una relación sexual. Eso lo desató.

Hayden emitió un gemido y su erección se movió contra el vientre de Shelby. Sintió que se hacía más grande y bajó la mano para acariciarlo.

Hayden la colocó entonces en el centro de la cama, acariciando sus pechos, haciendo círculos sobre sus aureolas con el dedo. Ella arqueó la espalda, indicándole que quería más.

–Hayden, bésame.

–Sí, cariño –obediente, él se metió un pezón en la boca, chupando fuertemente mientras ella sujetaba su cabeza.

Luego bajó la mano para acariciar su sexo. Cuando metió un dedo en su cremosa cueva, Shelby abrió las piernas.

Hayden metió un segundo dedo y, con el pulgar, empezó a trazar círculos en el capullo escondido entre los rizos. Shelby tuvo que morderse los labios para no gritar. Sus dedos entraban y salían y ella se arqueaba porque quería más.

Todo su cuerpo parecía concentrado en esa

mano entre sus muslos, en esa boca sobre sus pechos. Él metía los dedos despacio al principio, más rápido después, hasta que Shelby supo que iba a llegar al orgasmo.

De repente, sintió un espasmo que la sacudió entera y gritó su nombre. Luego sonrió mientras lo abrazaba, sintiéndose feliz.

Hayden esperó hasta que Shelby estuvo saciada antes de apoyarse en los codos para mirarla. Estaba sonriendo. Tenía los labios hinchados y aún húmedos de sus besos. Sus pezones también estaban hinchados y, aunque sabía que la había satisfecho, sabía también que quería más.

También él necesitaba más. Una vez no era suficiente para Shelby y para él. Admitía que sólo cuando estaba enterrado entre sus piernas sentía que estaba viendo a la verdadera Shelby Paxton. Porque entonces ella no podía levantar ninguna barrera.

De modo que decidió excitarla otra vez. Usando la boca hasta que estuvo preparada.

–Abre las piernas.

Su voz era ronca, extraña. Había conseguido hacer que cayeran todas las barreras, pensó Shelby. Había conseguido hacer que se volviera loco. Cuando hizo lo que le pedía, Hayden se colocó encima. Tomando sus manos, las levantó sobre su cabeza, obligándola a sujetarse al cabecero.

–No te sueltes.

Ella asintió.

Hayden introdujo la punta de su miembro. Estaba tan húmeda... sentía que sus músculos se cerraban a su alrededor mientras la penetraba. Pero enseguida se apartó.

–¿Estás tomando la píldora?

Shelby negó con la cabeza. Hayden no quería usar un preservativo. Él sabía que no tenía ninguna enfermedad y quería sentirla, pero no podía arriesgarse a un embarazo.

De modo que saltó de la cama y entró en el baño para buscar un preservativo en el botiquín, que se puso antes de volver al camarote.

Shelby no se había movido. Seguía sujeta al cabecero. Era tan preciosa en aquel momento que se detuvo para mirarla.

–Cariño –murmuró, con los dientes apretados. Se puso de rodillas al lado de la cama y empezó a besarla en el cuello, en el pecho, sin tocar los pezones.

Ella movió los hombros para intentar meter un pezón en su boca. Hayden la dejó acercarse, lamiendo la punta antes de empezar con el otro pecho.

Luego deslizó las manos por todo su cuerpo. El anterior orgasmo la había dejado suave, sensible, relajada. Estaba húmeda y cremosa y usó el flujo para mojarse los dedos, restregándolo luego sobre sus pezones.

Shelby levantó la cabeza para mirarlo. También él estaba fascinado al ver sus dedos entre sus muslos...

—Hayden, no puedo esperar más.

—Sí puedes —dijo él, colocándose entre sus piernas. Pero no la penetró. Tomó su miembro con la mano y lo restregó arriba y abajo en su húmeda cueva. Luego empujó un poquito hasta que ella levantó las caderas.

—Aún no, Shelby. Aún no. Espérame.

Ella cerró los ojos, respirando profundamente mientras Hayden levantaba sus piernas con los brazos, abriéndola del todo para él. Lentamente, la llenó con su miembro hasta que estuvo enterrado hasta el fondo.

Shelby abrió los ojos porque quería verlo. Y, durante un segundo, Hayden recordó la primera vez que hicieron el amor. Él era su primer amante y eso había sido una sorpresa. Shelby era muy abierta, muy entregada, como lo estaba siendo aquella noche.

Sus músculos internos se tensaron alrededor de su miembro mientras se apartaba para empujar de nuevo. Shelby se agarró con fuerza al cabecero, con tanta fuerza que Hayden supo que estaba cerca. Quería que los dos llegaran al mismo tiempo.

De modo que aumentó el ritmo, empujando cada vez más y, por fin, sintió un escalofrío en la base de la espina dorsal.

–Ahora, cariño.

Ella llegó al clímax enseguida, sus músculos presionándolo como un guante húmedo y estrecho. Hayden se vació en el preservativo, deseando poder hacerlo en ella. Quería que fuera suya, que ningún otro hombre dudase de que Shelby le pertenecía.

Cayó sobre ella, agotado por el poderoso orgasmo, y se apoyó en su pecho, chupando distraídamente uno de sus pezones mientras Shelby lo abrazaba.

Sentía como si hubiera vuelto a casa. Y eso lo turbó profundamente porque no sabía que hubiera estado buscando volver a casa hasta aquel momento.

Shelby no quería despertar. Veía el sol levantándose en el cielo, pero el calor del cuerpo de Hayden era demasiado hermoso como para perderlo. Incluso ante la realidad de la mañana. ¿Cuántas veces había soñado estar así para despertar luego sola?

Pero ella no acostumbraba a huir de la realidad. Y sabía que aquella mañana era real y tenía que lidiar con su conciencia culpable. Lo había seducido a propósito, sabiendo que él no podría hacer nada. Aunque estaba un poco asustada por la intensidad de lo que había pasado.

Había gozado más que nunca, pero Hayden

la había hecho sentir vulnerable. Y eso no le gustaba. Ella era una mujer de negocios, una empresaria de éxito, no exactamente una ocupación para pusilánimes. Estaba acostumbrada a lidiar de frente con sus miedos y haría lo mismo con Hayden.

Cuando se dio la vuelta, se encontró cara a cara con él. Tenía los ojos abiertos y una arrogante sonrisa en los labios.

–¿Por qué sonríes?

–Porque estás aquí, conmigo –contestó él, buscando sus labios.

Era la clase de beso suave que no exigía nada, que no demandaba nada. Shelby se sintió querida. Diez años atrás no lo había amado de verdad, pero ahora...

Ahora empezaba a conocerlo. Empezaba a saber que no se paraba nunca, que era una dinamo que no podía detenerse.

–Tenemos que volver al hotel. Anoche no volví al casino y... es la primera vez que hago algo así –murmuró Hayden, acariciando su pelo–. Gracias.

–¿Por qué?

–Por lo de anoche. Fue increíble, Shel. Ojalá la primera vez hubiera sido así.

–A mí me gustó mucho nuestra primera vez.

–¿De verdad? Yo siempre he lamentado que fuese tan rápida.

–Yo no. Estuvo muy bien, Hayden. Además, los dos éramos...

–¿Qué?

–No puedo hablar por ti, pero yo estaba fingiendo ser otra persona. Esperando que tú no te dieras cuenta.

–¿Por qué?

–¿Por qué qué?

–¿Por qué estabas fingiendo?

–Porque quería casarme con un niño rico y, de haberme conocido de verdad, tú no me habrías mirado dos veces.

–Claro que te habría mirado.

–Me habrías mirado, pero no me habrías pedido que me casara contigo.

–¿Por qué lo dices, por tu madre?

–Sí.

–¿Dónde está ahora?

–En Arizona.

–¿Seguís en contacto?

–No.

–¿Por qué no?

–Porque ella es parte de algo de lo que llevo huyendo toda mi vida, Hayden.

–¿Y no piensas dejar de huir nunca?

Shelby no podía contestar. Pensaba mucho en su madre, que le escribía una vez al mes. Ella nunca contestaba, pero leía esas cartas una y otra vez y lamentaba sentirse tan avergonzada de sí misma y de la mujer que la había criado... a veces no se gustaba mucho como persona, la verdad.

Hayden tenía razón, pero ella no sabía qué

hacer para solucionar el problema que tenía con su madre y consigo misma.

–Sí, quizá ha llegado el momento de dejar de huir. Por eso vine aquí.

–Sé que no volviste por el dinero.

–Bueno, en cierto modo sí. Tener un local en el hotel Chimera es un buen negocio.

–No me refería a eso.

–Sí, lo sé –suspiró Shelby.

Se fijó entonces en el tatuaje que tenía en el muslo izquierdo.

–¿Qué es eso?

–Nada –contestó Hayden, tapándolo con la mano.

–¿Cómo que nada? Quedamos en que no habría secretos entre nosotros.

Él suspiró y Shelby se dio cuenta de que, a pesar de todo, aquel hombre seguía siendo un misterio.

Hayden apartó la mano y ella inclinó la cabeza para mirar el tatuaje. Era la mano enguantada de un caballero medieval, apretando un corazón sangrante.

Enseguida supo que se lo había hecho cuando ella se marchó. Y supo también que había cometido el mayor error de su vida. Pero no podía decidir si el error era haberse acostado con Hayden o haberse marchado de Las Vegas diez años antes.

Capítulo Siete

Hayden paseaba por el casino dos noches después sintiéndose como un jugador en medio de una racha de suerte. Shelby había ido con él al centro juvenil el día anterior y lo habían pasado en grande subiendo por el rocódromo y apostando entre chicos y chicas.

La noche anterior la había llevado a dar una vuelta en su avioneta, la misma que tenía cuando estaban saliendo. Habían volado sobre la presa Hoover y Shelby mencionó que estaba pensando ir a Arizona para ver a su madre. Y Hayden sintió que, aquella vez, de verdad estaban conociéndose.

Las campanitas de las máquinas tragaperras y el ruido de la ruleta siempre lo excitaban, pero Shelby frente a la mesa de blackjack, con una bolsita dorada de Bêcheur d'Or, lo excitaba aún más.

Seguía sin querer mudarse a su ático, pero le consolaba el hecho de que no le negase nada más. Como aquella noche. Quería enseñarle su mundo. Quería que experimentase lo que era la vida en el casino.

—Buenas noches, Rodney. ¿Estás tratando bien a la señora?

—Sí, señor MacKenzie. Pero las cartas... no tanto.

Shelby rió.

—Soy la peor jugadora del mundo. ¿Verdad, Rodney?

—Los he visto peores.

—Yo creo que está siendo amable.

—A lo mejor necesitas el consejo de un experto —sonrió Hayden, sacando unas fichas del bolsillo y poniéndolas sobre la mesa. Dos jugadores más se habían unido al grupo, pero Hayden no se fijó en ellos. Había abrazado a Shelby por detrás y estaba mirando sus cartas. Tenía la reina de diamantes y un dos de espadas.

Hayden le pidió a Rodney una carta, que le entregó descubierta. Era el nueve de diamantes. Y Shelby ganó.

Gritando, ella se volvió para abrazarlo. Volvió a ganar las siguientes tres manos, con Hayden a su lado, dándole consejos.

—Gracias. Creo que eres mi amuleto de la suerte.

—¿Lista para probar sola? —preguntó él.

Quería ser algo más que su amuleto de la suerte. Quería que se fuera a vivir con él, que durmiese con él cada noche y despertar a su lado cada mañana. Pero dudaba que ganar un par de manos al blackjack la hiciese cambiar de opinión.

–Sí. Creo que ahora lo tengo claro.

Hayden se sentó a su lado en un taburete y jugó con ella. Shelby perdió las dos primeras manos y, por fin, tiró las cartas sobre la mesa y recogió sus ganancias.

–¿Te rindes?

–No quiero perderlo todo –contestó ella, devolviéndole las fichas.

–Pero si sólo son fichas.

–No, no lo son. No puedo aceptar dinero de ti –contestó Shelby, tomando su bolso.

Hayden no era tonto y sabía que lo que le estaba diciendo tenía que ver con algo más que con el juego.

Y, de repente, lo entendió. Su padre la había pagado para que se fuera de Las Vegas diez años antes y, para Shelby, su dinero representaba que la estaba comprando.

–Venga, vamos –dijo, tomando su mano.

–¿Dónde?

–Quiero que veas el espectáculo de Roxy. Nunca hacemos nada que sea típico de Las Vegas.

–Tú eres típico de Las Vegas.

Hayden tenía un palco privado desde el que vieron la revista y Shelby pareció disfrutar, pero después seguía muy callada. Y él supo que era por el dinero. Había sido insensible antes al ofrecérselo y no sabía cómo arreglarlo.

–¿Qué hacemos ahora?

–Vamos a algún sitio tranquilo. Tenemos que hablar.

–¿Sobre qué? –preguntó Shelby.

–Sobre la suerte y Las Vegas.

–Bueno, creo que ya hemos dejado claro que yo no soy muy afortunada.

–No con las cartas –sonrió Hayden, tomándola por la cintura para salir del casino.

–¿Dónde vamos?

–Es una sorpresa –contestó él, sacando del bolsillo la máscara negra de seda. Llevaba esa cosa en el bolsillo desde que estuvieron en el yate, atormentándose a sí mismo con las diferentes maneras en las que querría usarla...

Shelby rió cuando se la puso y levantó la cabeza para ofrecerle los labios. Hayden tuvo que abrazarla. Tuvo que hacer de aquel momento un oasis en dos vidas que habían sufrido demasiado.

La sensación de no ver nada era muy desagradable. Además, estaba inquieta. Shelby se había sentido incómoda perdiendo dinero de Hayden en el casino. No era mucho dinero, pero era una cuestión de principios. Antes de salir de Atlanta había jurado que jamás aceptaría dinero de Hayden. Y pensaba cumplir su palabra.

Después de venderse por un millón de dólares, se prometió a sí misma no volver a estar nunca en esa posición, no ser nunca vulnerable ante otro hombre. Entonces, ¿cómo demonios había acabado en Las Vegas, con los ojos cubiertos por una máscara, de la mano de Hayden? Misterios del destino.

Oía gente a su alrededor y, de repente, se asustó. Se sentía otra vez como cuando tenía diez años, en la fiesta de cumpleaños de Meredith Nelson. Meredith y las demás chicas habían desaparecido y cuando se quitó la máscara estaba completamente sola, con el vestido de segunda mano que su madre le había comprado. Sus ojos se llenaron de lágrimas, convencida de que nunca sería como los demás niños, que nunca podría serlo...

Se sentía así otra vez. Estar de vuelta en Las Vegas le devolvía todas las inseguridades de las que había estado plagada su infancia. Tenía que ser el dinero. El dinero siempre despertaba en ella esa reacción de miedo. Y la máscara era demasiado. Intentó quitársela, pero Hayden se lo impidió.

–No te asustes, estoy aquí.

–No me gusta esto.

–Pero estás muy sexy. Y me gusta sentirme responsable de ti. Tengo que protegerte. ¿Me dejas que lo haga?

–Soy una mujer adulta, Hayden. No necesito que un hombre me proteja.

–Hazlo por mí, Shelby. Por favor.

Hayden MacKenzie nunca pedía nada por favor, de modo que Shelby asintió con la cabeza. Lo haría por él. Al fin y al cabo, él lo había hecho sin protestar. Pero la verdad era que dudaba de que Hayden hubiera estado alguna vez en una situación en la que sintiera realmente incómodo.

–¿Sigues enfadada por lo de la mesa de blackjack?

Shelby no tenía respuesta para esa pregunta. No sabía cómo contestar porque no quería hablar de dinero. Ni de Las Vegas. El espectáculo de Roxy había sido entretenido, pero lo único que sentía mientras estaba sentada en el palco era que, de nuevo, estaba en la tierra de nunca jamás. Rodeada de gente que vivía como si la vida real no existiera.

Entonces sintió el calor de sus dedos en el brazo, acariciándola, intentando que se relajara.

–¿Qué te pasa esta noche? –preguntó.

–No quiero que pienses que estoy buscando tu dinero...

–Cariño, ya no necesitas mi dinero.

–Deja que termine, por favor. Nunca tendré tanto dinero como tú. Y nunca seremos iguales socialmente. Pero...

Hayden la impidió seguir hablando con un beso.

–Sígueme.

Shelby se mordió los labios. Sabía que su pánico por la máscara era sólo debido a sus inseguridades, pero también al miedo que le daba confiar absolutamente en alguien. No confiaba en sí misma siquiera. No confiaba en que la mujer en que se había convertido fuera real. No confiaba en haber dejado atrás a la chica que había sido.

¿Confiaba en Hayden? Cuando tenía veinte años no, pero ahora...

Lo oyó abrir una puerta de hierro y notó que olía a flores. A rosas y a jazmín. Hayden tiró de su brazo y la sentó sobre sus rodillas. ¿Dónde estaban?

—¿Qué llevas en esa bolsita?

—¿Qué bolsita? —preguntó Shelby.

—Sabes muy bien a qué bolsita me refiero.

—Ah, es una prenda de la tienda.

—Nunca te he visto con ese tanga de cuero...

—No, pero a lo mejor te gustaría ponértelo a ti —bromeó Shelby.

—¿Qué? Yo no pienso ponerme un tanga de cuero.

—Venga. Hazlo por mí.

—Y tampoco me hiciste el bailecito sexy.

—Hayden, estamos en un sitio público, ¿verdad?

—Es hora de saber si confiamos el uno en el otro, cariño.

Shelby sentía un millón de emociones: miedo, emocion, excitación. Pero Hayden quería su confianza y si deseaba que aquélla fuera una relación de verdad tendría que dársela.

Suspirando, asintió con la cabeza. En realidad, era Shelby quien nunca le había dado una oportunidad de confiar en ella porque le había mentido. Pero aquella vez necesitaba confiar en sí misma. Y dejar de mentirse. Porque tenía la certeza de que Hayden MacKenzie jamás le haría daño.

Hayden sabía que allí no podía verlos nadie. El jardín era su sitio privado para escapar del casino. Había desactivado las cámaras de seguridad, de modo que estaban a salvo.

Sabía que le estaba pidiendo demasiado, pero no podía evitarlo. Quería, no, necesitaba, hacerla suya y no pensaba esperar más. Hacerle el amor dos noches antes lo había cambiado todo. Sabía que en el pasado Shelby no había podido confiar en él, pero ahora... ahora estaba decidido a hacer las cosas bien. Tenía que demostrarle que podía confiar.

De modo que metió la mano por debajo de su falda y notó que ella contraía el estómago mientras se levantaba para sentarse sobre él a horcajadas. Lentamente, Hayden le quitó la blusa y acarició el sujetador de color rosa.

–Me encanta tu ropa interior.

Ella sonrió y Hayden no pudo evitar besarla de nuevo. Con la máscara puesta, la falda levantada, la blusa en el suelo y el sujetador abierto, era como una fantasía.

–Ofréceme tus pechos.

Shelby deslizó las manos por su estómago, acariciándose para él, y Hayden se dio cuenta de que empezaba a sentirse cómoda. Sin decir nada, se quitó el sujetador para revelar sus rosados pezones y luego levantó sus pechos con las dos manos, ofreciéndoselos.

Con la lengua, Hayden trazó sus aureolas antes de meterse un pezón en la boca. Luego siguió con el otro, con el mismo cuidado. No podía dejar de tocarla, tenía que acariciarla más y más...

–Levántate la falda.

La tela de la falda era muy suave, como había notado en el casino. Y desde entonces estaba obsesionado. Lentamente, ella se levantó la falda para revelar unas braguitas de color rosa. Los rizos castaños eran visibles a través de la tela.

Él se inclinó para estudiarla. Asombrado de que fuera suya. Y lo era, por muy obstinada que fuese. Shelby era suya y quería demostrárselo.

Tiró de sus braguitas hacia abajo y ella se levantó para que pudiera quitárselas. Luego Hayden la abrió con los dedos, inclinando la cabeza para buscar con la lengua el capullo escondido. La chupó suavemente mientas ella movía las caderas, sujetando su cabeza.

La llevó casi hasta el final y luego se apartó. Quería excitarla al máximo para que estuviera como él. Fuera de control. Para ello, besó su estómago y metió la lengua en su ombligo, mientras apretaba sus nalgas con las dos manos.

Shelby movía las caderas hacia su pecho y Hayden sintió su humedad, sabiendo que no podía esperar más.

–¿Hayden?

–¿Sí, cariño? –murmuró él, bajando la cremallera de su pantalón y poniéndose el preservativo que llevaba en el bolsillo–. Sujétate a mí.

Shelby, por completo entregada, enredó los brazos alrededor de sus hombros mientras él la abría con una mano y se guiaba a sí mismo hacia su centro.

Luego empujó hacia arriba, tan profundamente como le era posible. Shelby clavaba las uñas en su espalda, sus pechos se aplastaban contra su torso. Nada le había gustado más en toda su vida que el calor de su femenina cueva envolviéndolo.

Se movía hacia él una y otra vez y Hayden empujaba...

–Más rápido. Estoy a punto... –empezó a decir ella.

Hayden, sujetando sus caderas, empujó hacia arriba mientras ella empujaba hacia abajo.

Estaban tan cerca como podían estarlo dos seres humanos, pegados el uno al otro. La oyó contener el aliento una vez y luego un suave gemido cuando llegó al orgasmo.

Él llegó al climax un segundo después. Y cuando pudo llevar algo de aire a sus pulmones la apretó contra su corazón, sabiendo que, sin querer, estaba volviendo a enamorarse de Shelby Paxton.

Capítulo Ocho

Shelby pasó los días siguientes controlando todos los detalles para la gran inauguración. Intentaba no creer que lo que había entre Hayden y ella era algo más que sexo, pero cada día le resultaba más difícil. Porque entre ellos había una conexión difícil de explicar.

Los dos estaban muy ocupados, pero Hayden siempre encontraba tiempo para ella. Había aparecido repentinamente una tarde para ayudarla a sacar prendas de las cajas cuando una de las chicas tuvo que irse por una emergencia familiar, por ejemplo.

También la había llevado en su helicóptero para que viese Las Vegas desde el aire. Hayden MacKenzie era todo lo que quería y más. Y sabía que estaba enamorándose locamente de él. Cada día conocía una nueva faceta del hombre y aún no había visto nada que no le gustase.

Pero recordaba a Alan y lo que la había llevado a Las Vegas y eso la preocupaba. Por no hablar de lo que había descubierto esa noche en el jardín privado del hotel: que Hayden era el dueño de su corazón y su alma. Podría fingir que no le había entregado el corazón, pero no era verdad.

Una parte de ella se alegraba. Después de todo, había vuelto a Las Vegas con esa intención. Pero había intentado hablar con Hayden de eso varias veces y, al final, no encontró valor. Para lo que sí encontró valor fue para llamar a su madre... pero sólo pudo dejar un mensaje en el contestador.

Shelby quería atar todos los cabos sueltos de su vida. Tenía treinta y dos años y ya era hora de hacerlo.

La noche anterior Hayden había insistido en que se mudara al ático con él e incluso la invitó a cenar allí con Deacon Prescott y su mujer, Kylie. Shelby lo había pasado bien con ellos, pero lo que más le gustaba era saber que Hayden y ella también eran una pareja. Una pareja feliz.

Aunque eso la asustaba.

Cuando miró su reloj, comprobó que eran las nueve de la mañana. Tenía diez minutos antes de hablar con sus empleados. Paige llegaría por la tarde porque iban a celebrar una pequeña fiesta con los propietarios de los casinos de Las Vegas y algunos concejales. Una fiesta previa a la gran inauguración.

Shelby estaba nerviosa. Pero cuando miró alrededor y vio todas aquellas prendas exclusivas sintió que recuperaba un poco la confianza. Después de todo, era la vigésima tienda Bêcheur d'Or. No debía tener miedo.

Había elegido cuidadosamente su atuendo para esa noche: el sujetador y el tanga de cuero bajo una falda de ante color beige y una blusa de seda negra. Llevaba el pelo sujeto en un moño, con varios mechones cayendo a cada lado de su cara, zapatos negros de tacón, una gargantilla de oro y un reloj.

La ropa, cara, le daba cierta confianza mientras salía de la trastienda para hablar con los empleados, que estaban reunidos, hablando entre ellos. Pero cuando iba a explicarles lo que debían hacer sonó su móvil y en la pantalla vio que era Hayden.

—Hola. ¿Qué tal?

—¿Tienes tiempo para tomar una copa conmigo antes de la fiesta?

—Lo siento, no puedo. Tengo muchísimo trabajo.

—¿Qué tal si bajo yo a la tienda?

Nada podría hacerla más feliz.

—Sí, claro. De hecho, tengo una sorpresita para ti.

—¿Ah, sí? ¿Algo que me gustará?

—Desde luego que sí —rió Shelby.

—Ahora mismo tengo una reunión, pero estoy deseando verte. Para sacarte de ahí y hacerte el amor.

—Para, Hayden. Los dos tenemos trabajo.

–Lo sé. Pasaré por allí alrededor de las cinco.

Shelby cortó la comunicación y se volvió hacia sus empleados. Después de explicarles en qué consistiría la fiesta, salió de la tienda para verla desde fuera. El escaparate era erótico y sofisticado...

–Buen trabajo.

Se quedó helada al oír esa voz. Y cuando se volvió se encontró con una versión ajada de Hayden.

–¿Qué hace aquí?

–Comprobando cómo va mi inversión –contestó Alan MacKenzie.

–Mire, éste no es buen momento. Ya sabe que hay cámaras de seguridad por todo el casino. No quiero que Hayden piense...

–No confío en ti. No creo que pienses llevar adelante nuestro plan.

–No es *nuestro* plan –replicó ella–. Ya no. No puedo hacer lo que quiere. Señor MacKenzie, por favor, déjeme esto a mí.

Shelby se dio la vuelta, decidida, pero sólo para chocarse contra un sólido torso masculino.

–Hayden...

–Déjala en paz, papá. Está aquí por una cuestión de negocios, no para que te metas con ella.

–No me estoy metiendo con ella, hijo. La estaba felicitando por su negocio. Ha cambiado mucho. Ya no es la chica que conocí hace diez años.

–Nunca le dimos una oportunidad, papá.

Oír a Hayden defendiéndola convenció a

Shelby de que no podía seguir escondiéndole la verdad. Tenía que decírselo. Pero no quería estropear aquel momento. En toda su vida, nadie la había defendido como lo estaba haciendo él.

Emocionada, escondió la cara en su pecho, abrazándolo con fuerza, intentando decirle sin palabras lo importante que era para ella.

Hayden se alegraba de haber bajado al Bêcheur d'Or. Estaba en medio de una reunión cuando Deacon lo llamó para decir que había visto a su padre en el casino. Alan solía ir por allí dos veces al año y siempre provocaba algún problema con los empleados. El año anterior había criticado a todos los croupiers por infracciones menores, antes de que Hayden pudiese explicar que su padre no tenía ninguna autoridad sobre ellos.

En cuanto Alan desapareció, Shelby dio un paso atrás. Estaba pálida y temblorosa. Nunca la había visto tan disgustada.

–¿Te encuentras bien?

–Sí, bueno... sé lo que tu padre piensa de mí. Y me hace sentir... como si siguiera siendo una buscavidas.

–Sé cómo es mi padre. Te culpa de todo lo que me pasa.

–¿Por qué me culpa ahora?

–Por no tener nietos, supongo.

–Dudo que no hayas salido con nadie desde

114

que me fui. Supongo que habrás tenido oportunidades, ¿no?

—No se me da muy bien eso de sentar la cabeza. Este negocio es mi vida. ¿Te imaginas criar un niño aquí? Ya has visto a los niños del centro juvenil. ¿Qué clase de vida es ésa?

—La que tú tuviste. Y no has salido tan mal.

—Soy un adicto al trabajo. Eso es lo que dicen todas las mujeres con las que salgo.

—A lo mejor porque están celosas.

—¿De qué?

—Del casino —contestó Shelby—. Supongo que se dan cuenta de que ninguna mujer puede compararse con el Chimera. Además, tu padre te crió aquí y os seguís hablando, así que no puede ser tan horrible.

Normalmente, él no habría salido de una reunión para ver a una chica, pero allí estaba. Había dejado a un grupo de hombres y mujeres que recibían altísimos sueldos por hacer su trabajo para ver a Shelby un momento. Especialmente cuando la noche anterior alguien había tirado la puerta del camerino de Roxy y había dejado una nota amenazadora para la estrella de su revista.

—No, no es tan horrible. Nos llevamos bien. Él cree que puede venir cuando quiera y decirme lo que tengo que hacer... El viejo cree que los casinos hay que llevarlos a la antigua.

—Además, siempre quiere llevar la razón. Y no cree que la gente pueda cambiar.

—¿La gente o tú?

—Yo —contestó Shelby.

Hiciera lo que hiciera y dijera lo que dijera, el pasado siempre estaría entre los dos.

—No te preocupes, cariño. Yo me encargo de todo —sonrió Hayden.

Y lo decía en serio. La última vez dejó que Shelby tratara con su padre sin avisarla de que eso podía ser peligroso. Cuando debería haberla protegido...

—No necesito que me protejas, Hayden. Soy una mujer adulta.

—Ya me he dado cuenta.

—No estaba hablando de sexo.

—¿Y yo sí?

—Tú sabes que sí.

Hayden le guiñó un ojo.

—Contigo no puedo evitarlo.

Shelby dejó escapar un suspiro.

—Gracias por venir a rescatarme, pero tengo que volver a trabajar.

—De nada. ¿Qué estabas haciendo aquí fuera?

—Mirando el escaparate.

—Pero ya lo has visto muchas veces.

—Es que a veces me resulta difícil creer que es mía.

—¿Por qué?

—No lo sé. Yo soy así.

—Has trabajado mucho para tener lo que tienes. Te lo mereces.

–No sé si merezco todo esto. Llevo un par de zapatos que cuestan trescientos dólares y antes los compraba en las rebajas o en las tiendas de muestrarios.

–No lo sabía –dijo Hayden.

–Me habría muerto si lo supieras. Intentaba esconderte esa parte de mi vida... la casa a la que ibas a buscarme no era mía, era de los Jenkins. Trabajaba allí como chica de la limpieza. La hija de los Jenkins tenía dos años más que yo y solía darme su ropa vieja.

Hayden se dio cuenta entonces de lo poco que sabía de Shelby Paxton. Para él, siempre iba guapísima, siempre bien arreglada. Jamás se le habría ocurrido pensar que trabajaba como chica de la limpieza. Quizá se gastaba todo su dinero comprando ropa para él... y él nunca lo supo.

En cualquier caso, esperaba que no fuese demasiado tarde para ellos.

Paige cerró la puerta tras el último empleado. Era muy alta, casi un metro ochenta, y llevaba el pelo oscuro cortada a media melena. Era delgadísima y podría haber ganado una fortuna como modelo en Nueva York si hubiera querido. Y, además, era una socia estupenda.

–Creo que a Las Vegas le caemos bien –dijo Shelby, metiendo las copas de champán en cajas para que las recogieran por la mañana los del servicio de cátering.

–A alguien en Las Vegas le caes bien, desde luego –rió su amiga, señalando las flores que habían llegado unas horas antes.

–Eso espero.

–Me cae bien Hayden. Me alegro de que hayas decidido volver para aclarar las cosas con él.

–Yo también. Pero aún no le he hablado de su padre.

–¿Cuándo piensas hacerlo?

–Esta noche.

–Me alegro. Mereces ser feliz, Shelby. ¿Dónde vas a alojarte ahora que la tienda está funcionando?

–Depende de cómo vayan las cosas con Hayden. Pero seguiré en el hotel durante un par de semanas.

–¿Piensas quedarte en Las Vegas? –preguntó Paige entonces–. ¿Qué tal Washington? Ya sabes que a mí las inauguraciones no se me dan bien.

–No lo sé, quiero intentar que la relación con Hayden funcione. Pero seguiré yendo a las reuniones, a las inauguraciones... Por eso no te preocupes.

Paige le pasó un brazo por la cintura.

–No me gustan los cambios.

–Lo sé. Pero nada va a cambiar.

–¿Cómo que no?

–No tengo por qué quedarme aquí.

Paige dejó escapar un largo suspiro.

–Cada vez que hablamos seriamente de la vida, tú mencionas a Hayden. Creo que lo mejor es que te quedes, cariño. A lo mejor podríamos traer el cuartel general aquí. No hay nada que nos retenga en Atlanta.

–¿Y Palmer? –preguntó Shelby, refiriéndose a su novio.

–Nada. Ha vuelto con su mujer.

–Oh, Paige. Pensé que habían roto...

–Aparentemente, tú y yo éramos las únicas que creíamos eso.

–Si de verdad estás pensando trasladar nuestro cuartel general a Las Vegas, creo que me gustaría mucho. Aunque las cosas con Hayden no funcionen. Como casi todas las tiendas están en la Costa Este, quizá deberíamos empezar a ampliar en la Costa Oeste. ¿No te parece?

–Podría estar bien.

–Yo he estado pensando en Arizona.

–¿Phoenix, quizá?

–Sí –contestó Shelby. Pero no dijo nada más. Porque ni siquiera Paige sabía lo de su madre.

–¿Por qué no? Es buena idea.

–Gracias, Paige.

–¿Por qué?

–Por ser mi socia –contestó Shelby.

–Yo sólo dije que sería buena idea trabajar juntas –rió su amiga.

Pero las dos sabían que Bêcheur d'Or había sido idea suya. Shelby se apartó y empezó a apagar las luces.

–¿Qué planes tienes para esta noche?

–Son más de las doce, así que me voy a la cama.

–Pero estás en Las Vegas, la ciudad que nunca duerme.

–Sí, es posible que Las Vegas no duerma, pero yo sí. ¿Qué vas a hacer tú?

–He quedado con Hayden en el casino.

Se despidieron en el vestíbulo y Paige subió a su habitación, agotada.

Shelby vaciló, mirando los grupos de gente que se agolpaban en las mesas y las máquinas tragaperras.

–¿Has visto a Hayden, Rodney?

–Ha habido un problema en el teatro. Algo con los de seguridad.

Shelby, incómoda, decidió esperarlo en el ático. Pero cuando iba a subir al ascensor, alguien la tomó por la cintura.

–Hola, cariño. Siento no haber podido quedarme hasta el final de la fiesta, pero hemos tenido una pequeña emergencia.

–¿Qué ha pasado?

–Han atacado a Roxy.

–¿Qué? ¿Quién?

–Un fan enloquecido, por lo visto. La atacó con un cuchillo y la han llevado al hospital.

–Qué horror... ¿Puedo hacer algo?

–Yo tengo que ir al hospital. No quiero dejarla sola.

–Iré contigo.

–No tienes por qué.

–Hayden, esto es lo que significa estar con alguien.

–Gracias –sonrió él.

–De nada.

Diez minutos después estaban en la sala de espera del hospital. Había otros cinco miembros del espectáculo allí y decidieron ir a la cafetería para tomar algo. Shelby se sentó al lado de Hayden, que parecía preocupado. Sabía que la gente que trabajaba en el Chimera era como su familia y se lo estaba tomando muy mal.

–Háblame, Shel. Cuéntame qué tal la fiesta.

–Todo ha ido muy bien. No te imaginas la cantidad de gente que ha ido.

–¿Ha estado Deacon?

–Sí, con Kylie. Me ha invitado a comer con ella esta semana.

–Ah, qué bien. Kylie es una chica estupenda.

–Sí, es verdad.

Kylie le había contado algunas cosas sobre Hayden, a quien parecía apreciar mucho. Incluso le dijo que no debía asustarle la idea de ser la esposa del propietario de un casino. Pero Shelby sabía que pasara lo que pasara, Hayden no volvería a pedirle que se casara con él.

–¿Te has ido del hotel?

–¿Qué?

–Me han dicho que has pedido la cuenta.

–Vaya... no quería decírtelo.

–¿Mi padre ha vuelto a molestarte? Le dije que te dejara en paz.

–No, no es eso. Tenía una sorpresa para ti, pero no me parece el momento adecuado...

–Puedes dármela mañana –sonrió Hayden, pasándole un brazo por los hombros–. Esta noche necesito que duermas conmigo, cariño. Estoy intentando ir despacio, pero... ¿te quedarás conmigo?

Los ojos de Shelby se llenaron de lágrimas. Cualquier duda que hubiera tenido sobre quedarse en Las Vegas desapareció por completo. Había algo entre Hayden MacKenzie y ella, estaba claro. Y no podían negarlo más.

–Ésa era mi sorpresa. No me he ido del hotel, voy a mudarme a tu ático.

–¿En serio?

–Sí.

–¿Sólo para esta noche?

–Para el tiempo que tú quieras.

Hayden tomó su cara entre las manos y la besó apasionadamente. Allí, en medio de la cafetería del hospital. Alguien carraspeó en la mesa de al lado, pero les dio lo mismo.

–Veo que te ha gustado mi sorpresa –sonrió Shelby.

Capítulo Nueve

Hayden no podía creer lo bien que iba todo. Shelby iba a vivir con él en el ático y el médico de Roxy le había dicho que las heridas no eran importantes. La estrella del espectáculo del Chimera podría volver a casa en un par de días.

Hayden sabía que Roxy no tenía familia. La había conocido a los dieciséis años. Una chica que se había escapado de casa y estaba buscándose la vida como podía. Él le había dado trabajo en uno de sus restaurantes y un sitio donde dormir. El resto, como solía decirse, era historia.

–¿Está bien? –le preguntó Shelby, cuando volvió a la sala de espera.

–Sí, se pondrá bien. Afortunadamente, las heridas no son profundas. Venga, vámonos.

Le hacía feliz que Shelby hubiera decidido vivir con él. Tenía la sensación de que era el momento adecuado. De que había vuelto a Las Vegas justo cuando tenía que hacerlo.

Cuando volvieron al hotel, Hayden le dijo que tenía que pasarse un momento por la sala.

–Muy bien. Yo te espero arriba.

–¿Dónde están tus cosas?

–Las llevé al ático esta mañana. ¿Te parece bien?

–Por supuesto que me parece bien. Para eso te di la tarjeta cuando volviste a mi vida –sonrió él.

Shelby dejó escapar un suspiro.

–En cierto modo, esto me da miedo.

–¿Por qué?

–Porque todo va demasiado deprisa.

–Pero tú y yo vivimos la vida a esta velocidad. No podrías esperar meses, lo sé. Y tampoco yo podría esperar tanto –dijo Hayden, tomando su mano–. Venga, te acompaño arriba.

Shelby se mordió los labios, preocupada, mientras esperaban el ascensor, pero él estaba contento. Se sentía feliz con ella. No era la primera vez que alguno de sus empleados tenía un problema, pero estar a su lado era... alentador. Como si todo fuese a ir bien. Shelby Paxton era la única mujer a la que había dejado entrar en su corazón. Nunca había podido dejarla fuera, ni antes ni ahora.

Las puertas del ascensor se abrieron y una pareja saludó a Shelby. Ella les deseó suerte con una sonrisa en los labios cuando dijeron que iban a jugar a la ruleta.

–Serías una buena esposa para el propietario de un casino –dijo Hayden.

Había dicho eso sin pensar.

–Oye...

Pero él no quiso dar explicaciones. En cambio, inclinó la cabeza para besarla. Quizá era demasiado pronto, pero sabía que haría lo que fuera para convertirla en su mujer.

–Vamos arriba. Quiero hacerte el amor.

–Pero tenías que bajar a la sala...

–Ya bajaré más tarde.

–¿Estás seguro?

–¿De qué?

–De esto... de ti y de mí –dijo Shelby entonces.

De nuevo, Hayden la besó.

–¿Esto contesta a tu pregunta?

–Hay tantas cosas de mí que no sabes.

Tenía que hablarle de Alan. Pero hacerlo ahora...

–Conozco lo importante. Sé que te necesito como nunca he necesitado a otra mujer. Que cuando te beso te enciendes. Sé que te quiero aquí para siempre, Shelby. En mi cama, dispuesta a hacer el amor en cualquier momento.

–Yo también quiero eso, pero no podría soportar que lo lamentases algún día.

–¿Por qué iba a lamentarlo? ¿Cómo iba a lamentar haber ganado el premio gordo? –bromeó Hayden.

Shelby supo en ese momento que había tomado la decisión adecuada, que todo el dolor del pasado estaba desapareciendo por fin. Hayden era una buena persona, un hombre cariñoso. El hombre de su vida.

—Los riesgos no me gustan. Me preocupaba tu reacción cuando decidí mudarme al ático, pero... ya no estoy preocupada.

—Yo tampoco. Porque eres mía —dijo él entonces, tomándola por al cintura—. Dilo, cariño, di que eres mía.

—Soy tuya, cariño. Y tú eres mío.

Hayden la besó de nuevo, apretándola contra la pared del ascensor.

—No, aquí no...

—¿Por qué? —rió él.

—Porque tengo una sorpresa para ti.

—¿Otra?

Shelby se levantó la falda para mostrarle el tanga de cuero... y luego tuvo que apartar a Hayden de un empujón, riendo.

Hayden despertó dos veces en medio de la noche para asegurarse de que Shelby seguía en su cama. Habían hecho el amor varias veces, pero aún la deseaba...

Apartó la sábana para verla desnuda, pero en ese momento sonó el despertador. Lo apagó, suspirando, pero Shelby se había despertado y lo miraba, soñolienta, con una sonrisa en los labios.

—Buenos días.

—Buenos días. Te he echado de menos.

—¿Cuándo? —sonrió él.

—Cuando me fui.

Hayden sabía que se refería a cuando se marchó de Las Vegas diez años atrás.

—Yo estaba tan furioso...

—Lo sé. Por eso esperé hasta que estuve en el aeropuerto para llamarte por teléfono.

—¿Por qué lo hiciste?

—Por el dinero.

—No confiabas en que yo pudiese ganarme la vida.

—Necesitaba el dinero, Hayden. Lo necesitaba desesperadamente. Me había pasado la vida buscando dinero para resolver mis problemas. ¿Recuerdas que te dije que la casa a la que ibas a buscarme no era mi casa?

—Sí. ¿Dónde vivías entonces?

Shelby respiró profundamente para darse valor.

—En un trailer, a ocho kilómetros de Las Vegas. En Silver Horseshoe.

Él hizo una mueca. Conocía el sitio. Estaba lleno de degenerados, prostitutas, dorgadictos. ¿Cómo podía Shelby haber crecido allí?

—¿Lo conoces?

—Sí, cariño, lo conozco —contestó Hayden, acariciando su pelo.

—Cuando tu padre me ofreció un millón de

dólares no pude decirle que no. Sabía que nunca más tendría una oportunidad así... ¿lo entiendes? No podía volver al trailer con mi madre. Además, tu padre me amenazó con apartarte de su testamento y con contarte de dónde venía. Y pensé que cuando lo supieras... En fin, yo no soy jugadora, así que no quise arriesgarme. Pero se me partió el corazón.

Hayden entendió por primera vez lo que debía haber sufrido. Si era sincero consigo mismo, cada vez que Shelby le preguntaba cómo vivirían sin el dinero de su padre él cambiaba de tema. Sabía que tenía un fondo que su padre no podía tocar, pero no se lo había dicho. Y ahora se daba cuenta de que debería haberlo hecho. Que quizá no había confiado en ella del todo.

–Lo siento, cariño.

–No lo sientas. Te utilicé, Hayden. Sabía que tenías dinero desde el primer día. Tenía que pagarle a Christy Jenkins para que me llevase al club de campo con ella... Estaba buscando un hombre rico y te encontré a ti.

A Hayden le molestó un poco esa confesión. Pero la verdad era que había empezado a salir con ella para exasperar a su padre, porque sabía que no le gustaría una chica como Shelby. Y sabía que no podía volver a estropearlo, que aún había una pieza del rompecabezas que era Shelby Paxton que estaba sin resolver. Y aunque tardase una vida entera en resolverlo, no le importaba.

—¿Sólo te gustaba por eso, porque tenía dinero?

—No, era mucho más que eso. No puedo explicártelo, pero desde el principio supe que ibas a romperme el corazón.

Capítulo Diez

La semana siguiente pasó en un soplo. Hayden y Shelby visitaban a Roxy en el hospital, pero a la joven no siempre le apetecía tener visita. Aun así, iban cada día para que no se deprimiera. Shelby le recordaba un poco a Roxy. Las dos mujeres habían salido de la nada y habían logrado el éxito en la vida.

Cada día, la vida de Shelby y la suya se unían más. Daba igual que su trabajo lo retuviera hasta altas horas de la noche. Él sacaba tiempo entre reunión y reunión para comer con ella, para visitar el centro juvenil, para cenar juntos.

Shelby también estaba muy ocupada entrenando a la nueva directora de la tienda y hablando por teléfono con los proveedores, pero aquélla era una de las raras noches que tenían libres y habían decidido pasarla en casa con Deacon Prescott y su mujer. Y, después de cenar, decidieron echar una partidita de póquer.

–Creo que te toca, Mac –dijo su amigo, al ver que estaba mirando a Shelby como un adolescente–. A ver si te espabilas.

Maldición. ¿Cómo había pasado? Él nunca se distraía cuando jugaba al póquer.

–Quiero dos cartas.

–¿Otras dos?

–No, espera... sólo una.

Deacon soltó una carcajada.

–¿Quieres concentrarte en el juego?

Hayden no iba a decirle que era incapaz de concentrarse porque no podía dejar de mirar a Shelby.

–¿Cuántas quieres tú? –preguntó Kylie.

–Dos –contestó su marido.

–Cariño, no tienes que seguir pidiendo cartas si tienes una mala jugada.

–Estaba tirándome un farol.

–Pues se ha notado mucho –rió su mujer.

–Habla la experta –sonrió Deacon.

–No, la verdad es que no se me da bien este juego. Aunque mi chico ha intentando enseñarme.

Deacon puso cara de ángel.

–¿Qué puedo decir? Cree que soy un experto en todo.

–De eso nada. Pero tienes potencial.

–¿Lo veis? ¿Veis cómo me trata? Sólo llevamos dos años casados y ya empieza a criticarme.

–No, qué va. Sigues siendo mi héroe –rió su mujer.

Shelby se levantó entonces, divertida.

–Creo que es hora de limpiar todos estos platos.

Hayden tomó un par de ellos y la siguió a la cocina.

–Me gustan tus amigos.

–¿Ah, sí?

–Sí. Parecen perfectos el uno para el otro. ¿Cómo se conocieron?

–Deacon la vio en el monitor de seguridad un día y dijo que era la mujer de su vida.

–¿Así de sencillo?

–Así de sencillo. Yo me aposté con él que no sería capaz de ligársela y Deacon, que no puede resistir una apuesta, le pidió que saliera con él.

–¿Por qué hiciste esa apuesta tan tonta?

–Oye, que salió bien.

–Ya. ¿Pero por qué lo hiciste?

–Las relaciones no tienen sentido para mí. El juego sí. Yo sabía que a Deacon le gustaba, pero no sabía si de verdad intentaría conquistarla.

–Y le diste un empujoncito.

Hayden se encogió de hombros antes de entrar de nuevo en el salón.

–Bueno, nosotros nos vamos –se despidió Deacon–. Gracias por la cena y por la partida.

–De nada –sonrió él, tomando a Shelby por la cintura.

No oyó nada de lo que sus amigos le decían. No se daba cuenta de nada salvo de que tenía a Shelby a su lado. Cuando la puerta del ático se cerró, la apoyó en ella y empezó a besarla en el cuello.

—¿Qué haces, tonto?

—Besarte. ¿No lo ves?

—¿Por qué?

—Porque eres tú.

Luego la tomó en brazos para llevarla al dormitorio y le hizo el amor durante toda la noche. Esperaba que eso fuera suficiente para retenerla a su lado.

Shelby se dejó caer en la silla de la trastienda que hacía las veces de oficina. La lencería recibía clientes a todas horas. Lo cual era una sorpresa para ella. Pero Shelby recordaba Las Vegas de su juventud, no aquella nueva ciudad en la que, además de dinero, empezaba a haber cierto gusto por la elegancia.

Hayden se había llevado a unos clientes importantes a visitar el Gran Cañón en su helicóptero y ella decidió ir a casa de Roxy para llevarle unas flores.

No tenía sentido, pero juraría que podía sentir la ausencia de Hayden en el hotel. Casi como algo físico.

—Señorita Paxton, hay un hombre en la puerta que pregunta por usted —le dijo uno de los empleados.

—Ah, gracias. Enseguida salgo.

Shelby se levantó, estirándose un poco la falda del traje. Cinco hombres diferentes habían solicitado sus servicios para que eligiera un conjunto de ropa interior para sus esposas o sus novias. Era un servicio que Paige y ella habían ofrecido desde el principio, pero normalmente no era tan popular.

Estaba sonriendo, pero dejó de hacerlo al ver que el hombre era Alan MacKenzie. Y, evidentemente, no había ido allí a buscar su ayuda para elegir un sujetador.

–¿Qué quiere, señor MacKenzie?

–El otro día no pudimos terminar nuestra conversación.

–No, es cierto. Pero será mejor que hablemos en la oficina –murmuró ella, incómoda.

–Gracias –sonrió Alan MacKenzie, sentándose sin esperar invitación–. Mira, Shelby, yo no soy tu enemigo.

Pero siempre lo había sido. Desde el primer día la había mirado como si no fuera suficiente para su hijo. Y ella quería ser aceptada. Por todo el mundo. Portarse como lo hacía Hayden, como si nadie fuera superior a él.

–Creo que los dos sabemos que no le caigo bien.

–Pero a mi hijo sí. Por eso estoy aquí.

–No sé por qué está aquí, la verdad. Gracias por sugerir que alquilásemos un local en Las Vegas, pero no tenemos nada más que decirnos.

–Los dos sabemos que te obligué a venir a Las Vegas.

–Yo haría cualquier cosa por mi empresa.

Alan MacKenzie se cruzó de brazos y la miró de arriba abajo. Shelby se sintió como se sentiría una stripper en el último momento, cuando por fin estaba completamente desnuda delante de un montón de hombres.

–Volviste por algo más que tu empresa.

–No, eso no es verdad.

–Pensé que habías dejado de mentir.

Shelby hizo una mueca.

–Yo no soy una mentirosa.

–¿No estás viviendo con mi hijo?

–Sí, pero...

–¿No te acuestas con él?

Shelby asintió con la cabeza. Si Alan Mac-Kenzie hablaba con él, Hayden jamás la creería. Tenía que adelantarse, tenía que convencerlo de que estaba enamorada de él.

–Es mejor que se vaya, señor MacKenzie.

–¿Por qué?

–Porque no me creería si le dijera que amo a su hijo.

–¿Lo amas?

Mordiéndose los labios, Shelby asintió. Lo amaba. Y por eso no dejaría que Alan Mac-Kenzie le hiciera daño usándola a ella.

–Eso es todo lo que quería saber.

–Pero... no sé cómo hablarle a Hayden de lo

que ha pasado. No quiero que piense que quería engañarlo porque no es verdad. Le juro que no es verdad.

–Yo me encargaré de eso, no te preocupes.

Alan MacKenzie salió de su oficina y ella se quedó donde estaba, perpleja. ¿Qué podía hacer? No debía esperar más. Tenía que contarle la verdad.

El teléfono sonó en ese momento y ella vaciló antes de contestar. Había querido dejar atrás a la chica que vivía en un trailer, rodeada de prostitutas y rateros de mala muerte, pero por mucho que huyera, por mucho que cambiase, esa chica asustada seguía dentro de ella.

–Bêcheur d'Or.

–Soy Hayden.

–Hola, cariño.

–¿Todo bien?

–Sí, es que hoy hemos tenido mucho trabajo –suspiró Shelby.

–¿Estás cansada?

–Un poco.

Estaba cansada y tenía miedo. Porque sabía que tenía que hablar con él. Pero no por teléfono sino en persona.

–No te preocupes, esta noche te dejaré dormir ocho horas –bromeó Hayden.

–Tengo que irme a Washington la semana que viene.

–¿Cuánto tiempo estarás allí?

–Tres días.

–¿Piensas volver?

–Sí, claro.

–Estupendo –asintió Hayden, aliviado–. Yo llegaré en diez minutos. Nos vemos en la puerta del hotel, si te parece. Olvídate del trabajo, hoy quiero hacer realidad todas tus fantasías.

Shelby sonrió. Hayden era su fantasía. Porque siempre sabía qué decir para hacerla feliz.

–Muy bien, te espero en la puerta.

Después de colgar respiró profundamente. La verdad nunca era fácil, pero estaba decidida a poner las cartas sobre la mesa. Aquella misma noche.

La sala del casino estaba llena de gente, como era habitual. Hayden iba saludando a varios clientes mientras se movía entre las mesas, con Shelby de la mano.

Había una tristeza en sus ojos que no podía entender. Intentar demostrarle que él podía ser el hombre que necesitaba no llevándola a la cama inmediatamente estaba siendo más difícil de lo que había pensado. Pero estaba dispuesto a hacerlo.

–Esta noche hay muchísima gente en el casino.

–Sí, es verdad... ¡Maldita sea!

–¿Qué pasa?

–Hay alguien que no debería estar aquí.

–¿Quién?

–Un timador. ¿Puedes esperarme aquí un momento?

–Sí, claro. Voy a jugar un poco a la ruleta.

–No apuestas nada hasta que yo vuelva –le advirtió Hayden.

–¿Por qué no?

–Porque no quiero tu dinero.

–Puede que gane.

–Lo dudo –sonrió él antes de acercarse a Bart, un timador profesional que había estado en la cárcel más veces de las que quería recordar. Hayden lo conocía porque habían sido vecinos de pequeños, antes de la muerte de su madre. Y, a pesar de todo, quería ayudarlo.

Pero en cuanto lo vio, Bart le hizo un saludo con la mano y salió corriendo. Hayden alertó a seguridad para que no volviesen a dejarlo entrar y envió un e-mail a los propietarios de otros casinos avisándoles de que Bart estaba de vuelta en la ciudad. Después, se reunió con Shelby.

–¿Lista para jugar a la ruleta?

–No sé si entiendo este juego –le confesó ella.

–Bueno, cada persona tiene un color de ficha diferente para que no se confundan. Y puedes ponerlas sobre el número que quieras.

–No es muy complicado, ¿no?

–En absoluto. Es sólo una cuestión de suerte.

–Y la suerte siempre está de tu lado, ¿verdad, Hayden?

Él la miró, un poco sorprendido.

–¿Por qué dices eso?

–Por nada. Esto es tu vida y yo quiero ser parte de ella. Aunque no entienda la mitad de las cosas.

–Yo no entiendo todo lo que tú haces.

Shelby arrugó la frente.

–Pero es un negocio. Y tú entiendes de negocios.

–Tú también.

–Sí, pero este negocio es especial... y me da miedo que desaparezca el sonido de las campanitas y las máquinas tragaperras y no tengamos nada sólido.

Hayden levantó una ceja.

–No sé si te entiendo. Lo mío no es hablar de las relaciones sentimentales, Shel. Pero creo que tenemos muchas cosas en común.

–¿Qué? Y no digas que el sexo.

–Bueno, eso lo tenemos –sonrió Hayden, tomando su mano para salir de la sala–. También tenemos en común que nos gustan los negocios, la música... Y tú me haces reír. ¿Te apetece tomar algo?

–Bueno –asintió Shelby–. Pero no quiero beber alcohol.

Hayden pidió un refresco para ella y un whisky para él. Y mientras se sentaba en el taburete, a su lado, supo que sólo quedaba una cosa que hacer.

Metiendo la mano en el bolsillo de la chaqueta, tocó el anillo que Shelby le había devuelto por medio de su padre diez años antes.

¿De verdad iba a hacer eso? ¿Iba a arriesgarse otra vez?

Hayden se tomó el whisky de un trago y le pidió otro al camarero.

—Oye, Shel. Tengo que pedirte algo.

Ella se volvió para mirarlo y, por un momento, todo en su vida le pareció perfecto.

Capítulo Once

Shelby respiró profundamente, sin saber muy bien lo que estaba pasando. Había planeado hacerle una confesión, pero ahora él quería pedirle algo... después de tomarse dos whiskys seguidos.

–¿Qué?

Parecía preocupado. ¿Habría hablado con su padre? ¿Sería de nuevo un peón en las maquinaciones de Alan MacKenzie?

–Nada, no te preocupes. Vamos a dar un paseo.

Apenas había probado su refresco, pero lo dejó sobre la barra. A veces no entendía a Hayden. Ésa era una de las cosas que le atraían de él, que siempre lo controlase todo, que fuera su propio hombre. Pero aquella noche parecía... nervioso.

–¿Te ocurre algo?

–No, no, estoy bien. Pero quería contarte una cosa –murmuró él, pensativo–. Cuando construí este casino estaba lleno de rabia. Quería demostrarle a mi padre que podía amasar tanto dinero como él. Y, en parte, también quería demostrártelo a ti.

–Lo siento mucho, Hayden. Sé que no confié en ti entonces...

–No es culpa tuya –la interrumpió él, deteniéndose bajo un magnolio–. Todo esto era suficiente para mí hasta ahora. Me sentía orgulloso de ser el propietario del casino más importante de Las Vegas, pero ahora... ya no es suficiente. He hecho de todo: traer exposiciones, construir un planetario, contratar los mejores espectáculos, las mejores tiendas. Ya no puedo hacer nada más –añadió, pensativo–. No sé cómo decir esto, Shelby.

Ella tragó saliva.

–¿Qué quieres decir? ¿Que vas a dejarme? ¿Estar a mi lado te hace recordar la rabia que sentiste hace diez años?

–No, no es eso. Nada de eso. Quiero que te quedes, Shelby. No sólo durante unas semanas o unos meses. Quiero que te quedes... conmigo, para siempre. Quiero tenerte en mi cama cada noche. Quiero poder llamarte durante el día para ver cómo estás, cenar contigo, hacer planes contigo... Quiero pasar las noches haciéndote el amor.

–Yo también deseo eso, Hayden –suspiró ella, con el corazón acelerado–. Más que nada en el mundo. No había esperado volver a enamorarme de ti, pero eso es lo que ha pasado.

Hayden la abrazó entonces, buscando sus labios con ansiedad.

–Quiero un símbolo permanente de nuestra unión, Shelby. Un recuerdo permanente de que eres mía.

–Y tú eres mío.

–Sí, es cierto. Soy tuyo y de nadie más –sonrió él–. Quiero que te cases conmigo, Shelby. Pero no podría soportar otra gran boda, como la que planeamos la última vez.

Ella tragó saliva. Le había robado eso. Le había robado la boda con la que ambos habían soñado. Y no podrían recuperarla nunca. Pero podría ofrecerle su amor para siempre.

–Sí –dijo entonces, en voz baja.

–¿Te casarás conmigo?

–Claro que sí. No querría compartir mi vida con nadie más que contigo.

Pero sabía que no podría casarse teniendo aquel secreto guardado. Se permitiría a sí misma una noche de felicidad, pensó. Por la mañana, le contaría toda la verdad. Le contaría que su padre la convenció para que volviese a Las Vegas, que la amenazó con contar la verdad sobre su pasado a todas las revistas que estuvieran interesadas en publicar basura.

Que, una vez más, Alan Mackenzie la había manipulado para conseguir lo que quería.

Una vez en la habitación, no tardaron ni un segundo en ir a la cama. Pero después de hacer el amor, en lugar de abrazarla como hacía siempre, Hayden se levantó.

–¿Dónde vas? –preguntó Shelby.

–Quiero darte algo.

Ella esperó, sorprendida.

–¿Qué es esto?

–Tu anillo. El que compré para ti hace diez años –contestó Hayden.

–¿Lo has conservado?

–Tuve que hacerlo –admitió él, tomando su mano para deslizar el anillo en su dedo–. No pienso dejarte ir esta vez, Shelby.

–Me alegro. Porque tampoco yo quiero dejarte.

Shelby llamó a su madre, algo que no había hecho la última vez que Hayden y ella decidieron casarse. Terri Paxton se alegró mucho por ella y decidió que iría a Las Vegas para estar unas semanas con su hija. Luego llamó a Paige, que prometió acudir a la boda vestida con sus mejores galas.

Shelby fue a Washington para la inauguración de la tienda, pero echaba muchísimo de menos a Hayden. Más de lo que habría imaginado. Hablaban cada noche por teléfono y, por primera vez en mucho tiempo, sintió que volvía a casa cuando por fin subió al avión que la llevaría a Las Vegas.

Hayden había sugerido que se casaran en el cenador del jardín privado del hotel, donde habían hecho el amor una vez. Y ella aceptó.

Todo iba bien, estupendamente. Pero sabía que tenía que contarle a Hayden lo de su padre antes de la boda. Alan estaba en todas partes, siempre vigilándola, siempre mirándola con esa expresión que decía que no era suficientemente buena para su hijo. Ella lo sabía, él lo sabía. Sólo Hayden parecía no darse cuenta.

Y, por fin, tras varias semanas de anticipación y preparativos, aquella noche era su última oportunidad para decírselo. Su última oportunidad para contarle la verdad. Aquella noche se ofrecía una cena para celebrar su compromiso en el Golden Dream.

Por la mañana, Hayden la había llevado en su Harley por el desierto. Había planeado contárselo allí, cuando estuvieran completamente solos, pero al final se echó atrás. El día había sido maravilloso y no quería estropearlo.

Además, tenía miedo. No quería reconocerlo, pero le daba miedo su reacción.

En aquel momento, de vuelta en el ático, Hayden estaba hablando por teléfono con el jefe de seguridad. Habían encontrado al hombre que atacó a Roxy y los abogados del hotel estaban preparando el caso para que no pudiera salir bajo fianza.

Shelby estaba vistiéndose... o intentándolo al menos. Nada de lo que se ponía le parecía bien. Se había cambiado de vestido quince veces.

Por fin, se miró al espejo, frustrada, con los ojos llenos de lágrimas. No podía soportarlo más. Tenía que hablar con Hayden.

–¿Cariño? ¿Qué ocurre?

Hayden la apretó contra su corazón y buscó sus labios en un beso lleno de ternura.

Nunca había dicho que la amaba, pero en aquel beso sintió su amor. Un amor que la envolvió por completo, asegurándole que todo iba a salir bien.

–Pensé que ibas a ponerte ese vestido rojo tan sexy. Pero éste también me gusta.

Era un vestidito negro de cóctel con un escote de vértigo.

–El rojo no me gustaba –murmuró Shelby–. Y no sé si éste... quiero que esta noche todo sea perfecto.

–Lo será. La ropa no importa nada.

–Para ti no. Tú siempre estás perfecto, te pongas lo que te pongas.

Era cierto. Aquella noche, por ejemplo, llevaba un esmoquin hecho a medida por un famoso sastre de Savile Row. Y estaba muy elegante.

–¿De qué tienes miedo?

–De todo y de todos –contestó Shelby.

–¿Por qué? No entiendo.

–Cuando entremos en la fiesta esta noche, de nuevo todos se darán cuenta de que has elegido a alguien que está por debajo de ti.

–Shel, nadie va a pensar eso...

–Eso es lo que habrían pensado hace diez años y ahora pasará lo mismo.

Hayden la miró, incrédulo.

–Yo soy un jugador, el propietario de un casino, nada más. La mitad de los ciudadanos de Las Vegas no me dirigen la palabra. Y los otros sólo me hablan cuando han ganado dinero. He sido el objetivo de más acusaciones de las que puedas imaginar.

Ella negó con la cabeza.

–Pero sigues siendo tan... sofisticado. No puedo evitarlo, Hayden. Sigo sintiéndome como esa niña que vivía en un barrio lleno de rateros y gentuza. Y creo que todo el mundo se va a dar cuenta.

–No te hagas esto a ti misma, cariño. Tu vida es un éxito, tu empresa es un éxito. ¿Cómo puedes pensar eso? Yo me siento orgulloso de ti.

–Gracias, pero... tengo que decirte algo.

–Que me quieres, ¿no? –sonrió Hayden.

Shelby tragó saliva.

–Más de lo que puedas imaginar. A veces es tan intenso que tengo que pellizcarme para comprobar que todo esto es real. Pero tengo que contarte una cosa...

En ese momento sonó el timbre.

—¿No puede esperar?

Ella asintió, alegrándose de la interrupción. Pero cuando lo vio salir de la habitación, tuvo un presentimiento. Iba a perderlo. Iba a perder al único hombre al que había amado en toda su vida.

Capítulo Doce

Hayden se sintió aliviado por la interrupción. Aunque jamás lo admitiría en voz alta,
tenía miedo de que ocurriese algo y no pudiera casarse con Shelby. Otra vez. Y, por lo visto,
su instinto era correcto. Porque al otro lado
de la puerta estaba su padre.

–No estoy de humor para una de tus char-
las, papá. Tenemos que irnos.

Su padre llevaba un traje del mismo sastre
de Savile Row, con unos gemelos heredados
de su abuelo en los puños de la camisa. Tenía
un aspecto muy distinguido y Hayden entendió por primera vez qué había querido decir
Shelby.

–No he venido a darte una charla, hijo. Pero tengo que decirte algo –suspiró Alan, acercándose al bar para servirse una copa.

Aquello no sonaba nada bien.

–¿Tú también? Parece que hoy es el día de
las confesiones.

–¿Quién más ha confesado?

–Mi futura esposa –contestó él.

–Ah, entonces quizá llego demasiado tarde.

–¿Demasiado tarde para qué? –preguntó Hayden, sabiendo que no iba a gustarle la respuesta. Pero no había llegado donde estaba escondiendo la cabeza en la arena. Si tenía que saber algo, debía saberlo.

–Para decirte que Shelby está en Las Vegas por mí.

–¿Qué quieres decir?

–Que yo la chantajeé para que volviese.

Hayden apretó los dientes.

–¿Y qué le ofreciste? No creo que fuera dinero, ya no lo necesita.

–Ahí es donde metí la pata, hijo. Le dije que podía pedirme lo que quisiera...

–¡Maldita sea, papá!

Alan sacudió la cabeza.

Hayden se acercó al dormitorio. No había necesidad de preguntarle a Shelby si lo que decía su padre era cierto. Porque ella estaba allí, abrazándose a sí misma, con los ojos llenos de lágrimas.

¿Cómo podía haberse dejado engañar otra vez? ¿Por qué demonios él nunca era suficiente para aquella mujer? ¿Cuándo iba a aprender que el dinero, no el amor, era lo único que motivaba a Shelby Anne Paxton?

–Supongo que tienes que decirme algo.

–No delante de tu padre –contestó ella.

–¿Por qué no? Parece que habéis estado conspirando a mis espaldas.

–No ha habido ninguna conspiración. Por favor, créeme.

Alan estaba en la puerta, mirándolos en silencio. Y Hayden quería que se fuera porque no estaba ayudando nada.

–Volviste aquí porque yo te lo pedí –dijo Alan MacKenzie.

–Sí, es verdad. Y usted me prometió algo si lo hacía.

–¿Qué tramabas, papá? –preguntó Hayden.

Su padre dejó escapar un largo suspiro.

–No tramaba nada. Esperaba que esto compensara el error que había cometido hace diez años.

–Pues parece que apostaste por la mujer equivocada otra vez –comentó Hayden, amargo.

–No es eso, cariño. Estoy intentando luchar por nuestro futuro –intervino Shelby, airada–. Y no pienso permitir que vuelvas a decir algo así.

–Tú no puedes exigir nada –replicó Alan.

–No ayudes, papá. Ya has hecho más que suficiente.

–Usted dijo que si volvía a Las Vegas podría pedirle lo que quisiera –le recordó Shelby.

Dinero. Eso era lo que quería. Pero una parte de él no podía creerlo. Shelby no había querido aceptar su dinero en la mesa de black-jack... tenía su propio negocio y no necesitaba ayuda económica de nadie. Claro que había montado su negocio con el millón de dólares que le dio su padre. Hayden sabía que la furia estaba nublando su buen juicio, pero no podía evitarlo.

—¿Por qué has tenido que meterte en esto otra vez, papá?

Alan no dijo nada. Se quedó allí, mirando de uno a otro como el viejo jugador que era. Shelby lo miraba también, como si no supiera de qué lado estaba. Y Hayden hubiese querido advertirle que su padre siempre estaría de su lado.

—¿A qué esperas, Shelby? ¿Cuál es tu precio?

—No quiero un cheque.

—Me alegro.

—Lo único que quiero es a Hayden. Volví a Las Vegas por una sola razón: para reclamar al hombre al que no había olvidado nunca.

—Pero mi padre te ofreció dinero.

—No, tu padre me amenazó con ir a las revistas para contarles cómo había financiado mi negocio. Iba a contarle a todo el mundo que Paige y yo éramos unas buscavidas. Y yo no podía dejar que hiciera eso —suspiró Shelby—. Pero me vendí una vez y nunca volveré a hacerlo. Cuando vine a Las Vegas me di cuenta de que nunca había podido dejar de pensar en ti y... me pareció una oportunidad perfecta para arriesgarme como no lo hice la primera vez.

—¿Qué riesgo es ése? –preguntó Hayden.

—Doble o nada. Sin ti a mi lado, eso es lo que tengo, nada.

—Parece que he vuelto a ganar –dijo Alan entonces, alejándose como si, de repente, aceptase lo inevitable–. Y ahora, por favor, daos prisa. Quiero tener nietos lo antes posible.

Hayden la miraba como si no la reconociera.

—Apelo al jugador que hay en ti, Hayden. Y si eso no funciona, te suplicaré –empezó a decir Shelby–. Y si eso tampoco funciona sencillamente me quedaré aquí hasta que pueda convencerte de que te quiero.

—Shelby...

—No puedo vivir sin ti. Me da miedo vivir el resto de mi vida con un hombre que no me quiere, pero me da más miedo que tú no estés a mi lado.

Hayden se quedó en silencio un momento.

—Te equivocas, Shel.

—¿Sobre qué?

—Sobre que no te quiero.

—No tienes que decir eso, Hayden. Sé que

tú nunca podrías amar a una mujer en la que no puedes confiar. Ni siquiera quieres que nos casemos por la iglesia...

–Tienes razón, no confiaba en ti. Pero te he querido desde siempre. Y mi furia contra ti y contra mi padre... en realidad, estaba furioso conmigo mismo porque no tuve el valor de ir a buscarte.

–Pero no sabías dónde estaba.

–Nunca lo intenté. Pero te quiero, Shelby. Cuando te pedí que te casaras conmigo lo hice porque estoy enamorado de ti.

–¿Lo dices de verdad?

Hayden la tomó entre sus brazos y buscó sus labios como no lo había hecho nunca, con una entrega, con...

En ese momento oyeron unos golpecitos en la puerta.

–¡Váyase, sea quien sea! ¡Estamos ocupados!

–¡No, de eso nada! –exclamó Shelby–. Kylie ha organizado una cena por todo lo alto y tenemos que acudir pase lo que pase.

Hayden tuvo que sonreír.

–Muy bien. Haremos el amor más tarde. Por ahora vamos a celebrar nuestro matrimonio.

***

Hayden estaba en el cenador del jardín, nervioso mientras esperaba a la novia. Hacía una tarde perfecta, con un sol brillante, una ligera brisa... un día maravilloso para casarse.

Deacon estaba a su lado y Hayden se alegraba. Scott Rivers y Max Williams también estaban allí, como testigos. Los dos solterones no podían creer que, por fin, el tercero del grupo hubiera decidido dar el gran paso. Y Hayden ni siquiera intentó explicarles que la vida sin Shelby ya no era emocionante para él.

La madre de Shelby lo saludó con la mano desde su asiento en primera fila. Terri Paxton era una mujer muy guapa y, a pesar del distanciamiento, quería mucho a su hija. Shelby y Hayden estaban intentando convencerla para que se quedara en Las Vegas y ella se lo estaba pensando. Además, se había hecho muy amiga de Roxy.

Su padre estaba al otro lado, con los parientes del novio. Y tenía el aspecto de un hombre que ha conseguido lo que quiere. Hayden sacudió la cabeza, pensando en cómo los había manipulado siempre. Pero ya no podía estar enfadado con él. Todo lo contrario. Se sentía agradecido.

La música empezó a sonar y Hayden se volvió para buscar a su novia con la mirada. Después de la primera espantada no las tenía todas consigo, pero era un gesto que significaba mucho para ella.

Paige fue la primera en aparecer, como dama de honor, y luego llegó Shelby, nerviosa. Iba sola, sin padrino porque no lo tenía. Y no lo necesitaba.

Al tomar su mano, Hayden notó que estaba temblando. Pero cuando le sonrió, su corazón dio un vuelco. Estar casado con Shelby Paxton era como haber ganado el gran premio.

En el Deseo titulado: *Un desafío imposible*
podrás leer la siguiente novela
de la miniserie de
Katherine Garbera
OCURRIÓ EN LAS VEGAS

Deseo®

Aventura sin fin

Alyssa Dean

Desgraciadamente, en Miami no había nadie de sangre azul ni del tipo
de persona con los que solían casarse
los miembros de la familia de Victoria
Sommerset-Hays, así que Vicky decidió contratar a un detective que la
ayudara a encontrar al hombre adecuado para ella. Por una vez en su
vida, Vicky quería que sus padres se
sintieran orgullosos de ella y un marido perfecto era la mejor manera de
conseguirlo.

Ahora que Luke le había quitado de
encima la carga de tener que buscar
marido, Vicky podía concentrarse en

su investigación… el problema era que no podía dejar de pensar en las anchas espaldas de Luke y en su sexy manera de ca-
minar… No, aquel hombre no le convenía…

**¿Por qué no podía centrarse en buscar un marido en
lugar de un amante?**

Acepte 2 de nuestras mejores novelas de amor GRATIS

¡Y reciba un regalo sorpresa!

Oferta especial de tiempo limitado

Rellene el cupón y envíelo a
Harlequin Reader Service®
3010 Walden Ave.
P.O. Box 1867
Buffalo, N.Y. 14240-1867

¡Sí! Por favor, envíenme 2 novelas de amor de Harlequin (1 Bianca® y 1 Deseo®) gratis, más el regalo sorpresa. Luego remítanme 4 novelas nuevas todos los meses, las cuales recibiré mucho antes de que aparezcan en librerías, y factúrenme al bajo precio de $3,24 cada una, más $0,25 por envío e impuesto de ventas, si corresponde*. Este es el precio total, y es un ahorro de casi el 20% sobre el precio de portada. !Una oferta excelente! Entiendo que el hecho de aceptar estos libros y el regalo no me obliga en forma alguna a la compra de libros adicionales. Y también que puedo devolver cualquier envío y cancelar en cualquier momento. Aún si decido no comprar ningún otro libro de Harlequin, los 2 libros gratis y el regalo sorpresa son míos para siempre.

416 LBN DU7N

Nombre y apellido	(Por favor, letra de molde)	
Dirección	Apartamento No.	
Ciudad	Estado	Zona postal

Esta oferta se limita a un pedido por hogar y no está disponible para los subscriptores actuales de Deseo® y Bianca®.
*Los términos y precios quedan sujetos a cambios sin aviso previo.
Impuestos de ventas aplican en N.Y.

SPN-03   ©2003 Harlequin Enterprises Limited

Julia®

compromiso del rico ranchero australiano Dustin Tanner
a justo lo que la periodista Shay Russell necesitaba para
lvar su carrera. Pero cuando se dispuso a entrevistar a la
iz pareja descubrió que la relación había acabado. Enton-
s una repentina tormenta la dejó atrapada en el rancho…
n un hombre que parecía dispuesto a cualquier cosa con
de sacarla de allí…

experiencia había conseguido que Dustin se convenciera
que las chicas de ciudad no encajaban con los hombres
l desierto. Pero lo cierto era que ninguno de los dos podía
artar la mirada… ni las manos del otro.

luvía en el desierto
lian Darcy

Lluvia en el desierto

Lilian Darcy

**Estaban a punto de descubrir
que todos los actos tenían
consecuencias…**

Bianca®

Cuando aquello hubiera acabado, ambos tendrían que pagar un precio que jamás habrían imaginado...

Lisa Bond se había deshecho de las ataduras del pasado y ahora era una importante empresaria por derecho propio.

Constantino Zagorakis había salido de los barrios más pobres de la ciudad y, a fuerza de trabajo, se había convertido en un millonario famoso por sus implacables tácticas.

Constantino le robaría su virginidad y, durante una semana, le enseñaría el placer que podía darle un hombre de verdad...

El precio de la inocencia
Susan Stephens

El precio de la inocencia

Susan Stephens